KB113821

용마검전

FANTASY FRONTIER SPIRIT

김재한 판타지 장편 소설

용마검전 7

김재한 판타지 장편 소설

초판 1쇄 찍은 날 § 2015년 2월 6일
초판 1쇄 펴낸 날 § 2015년 2월 13일

지은이 § 김재한
펴낸이 § 서경석

편집부장 § 권태완
편집책임 § 박은정
디자인 § 신현아

펴낸곳 § 도서출판 청어람
등록번호 § 제387-1999-000006호
등록일자 § 1999. 5. 31
어람번호 § 제1-2049호

주소 § 경기도 부천시 원미구 부일로 483번길 40 서경B/D 3F (우) 420-822
전화 § 032-656-4452 팩스 § 032-656-4453
http://www.chungeoram.com
E-mail § chungeorambook@daum.net

ⓒ 김재한, 2014

ISBN 979-11-04-90108-9 04810
ISBN 979-11-316-9234-9 (세트)

※ 파본은 구입하신 서점에서 교환하여 드립니다.
※ 저자와 협의하여 인지를 붙이지 않습니다.
※ 이 책은 도서출판 청어람과 저작자의 계약에 의해 출판된 것이므로,
  무단 전재 및 유포 · 공유를 금합니다.

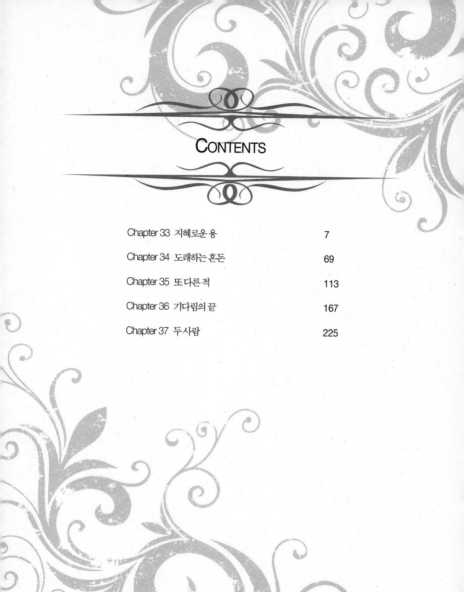

CONTENTS

CHAPTER **33**

지혜로운 용

龍魔
劍展

1

어둠의 설원에는 공식적으로 사이베인이 20여 년 전에 실종되었다고 알려져 있었다.

그가 자취를 감춘 것은 루레인 왕국에서 수호그림자와 격전을 벌인 후다. 그가 왜 그곳으로 갔는지, 그리고 왜 생사를 알리지 않고 종적을 감추었는지는 의문으로 남아 있었다.

어둠의 설원에서는 끈질기게 그의 종적을 추적했고, 결국 니베리스가 그의 용마기를 계승해 오는 성과를 이루었다. 하지만 그와 접촉하는 데는 실패했다.

거기까지가 라우라에게 들은 사실이다.

아젤이 말했다.

"…나이를 먹었군. 하긴 시간이 그만큼 지났으니 당연한가?"

사이베인을 곧바로 알아보지 못한 것은 그가 220년이 지나는 동안 나이를 먹었기 때문이다. 용마전쟁 당시에는 파릇파릇한 청년이었는데 지금은 인간으로 치면 40대 후반이나 50대 초반 정도로 보였다. 길게 늘어뜨렸던 머리를 자르고 수염까지 기르니 인상이 완전히 달라 보였다.

사이베인이 말했다.

"그러는 그대는 정말… 믿을 수 없을 정도로 예전이랑 똑같군. 어떻게 인간이 이럴 수가 있지? 아니, 그전에 어떻게 지금까지 살아 있는 건가?"

사이베인은 순간적으로 아젤 본인이 아니라 그의 후손이 아닌가 의심했다. 하지만 후손이 세월이 흘러 나이를 먹은 그를 알아볼 수 있을 리가 없지 않은가?

아젤이 말했다.

"내가 그 의문에 대답해 줘야 할 의무는 없는 것 같은데."

"하긴 그렇지. 하지만 내가 자네 동료들을 치료하러 왔다는 점을 감안해서 그 정도는 말해줄 수 있지 않겠나? 여기서 만난 이상 우리는 더 이상 적이 아닌 듯한데."

"…내가 아는 허당왕자는 이렇게 유연한 성격이 아니었는데. 하긴 세월은 많은 것을 바꾸게 마련이지."

아젤이 쓴웃음을 지었다.

그가 기억하는 사이베인은 명예에 집착해서 타협해야 할 상황에도 고집을 부리고, 공명심이 앞서서 자주 바보짓을 저지르던… 인간 연합군의 수뇌부는 이렇게 행동을 예측하기 쉬운 적은 참 고맙기까지 하다고 평하던 그런 인물이었다. 그런데 220년이 지나니 성격이 많이 변한 것 같았다.

아젤이 말했다.

"당신 부친이 건 저주를 해소하느라 오랫동안 자고 일어나서 그렇다."

"수면기를 말하는 건가?"

"그렇게 생각해도 무방해."

"인간인데 수면기를? 어떻게 그럴 수가 있지?"

"매우 심오한 마법에 의해서. 아테인은 죽은 놈도 살리고 있는 판국인데 죽지도 않았던 내가 220년 동안 자고 일어난 게 그렇게 놀라운가?"

"당연히 놀랍지. 하지만 죽은 자가 살아났다니 누구를 말하는 거지? 뉘앙스가 불사체를 말하는 것은 아닌 듯한데……."

그 말에 아젤이 어이없어했다.

"…당신은 실종되기 전까지는 어둠의 설원의 실권자 아니었나? 왜 아는 게 하나도 없는 거지?"

"나는 여기 온 후로는 어둠의 설원과의 연락을 완전히 끊었다. 딸아이에게 용마기를 계승해 준 것 말고는……."

"알마릭이 부활한 것은 그보다 훨씬 전이라는 것 같던데?"

"알마릭 공이?"

사이베인이 깜짝 놀랐다. 곧 그의 표정이 심각해졌다.

"그렇다면 정말로… 아버님이 부활하실 때가 다가오고 있다는 것인가?"

"……."

이놈은 예나 지금이나 허당왕자다. 아젤은 진지하기 짝이 없는 그의 반응을 보며 확신했다. 왕자씩이나 되는 주제에 정작 중요한 정보는 모르고 있다니.

사이베인이 한숨을 쉬었다.

"듣고 싶은 이야기가 많지만 별로 적절한 자리는 아닌 듯하군. 하지만 정말이지 아발탄 님께서도 심술궂으시지. 아무것도 알려주지 않고 보내시다니."

"원래 좀 장난기 넘치는 성품이기는 했지. 여전한가 보군."

아젤이 옛일을 떠올리며 말했다.

예전에 찾아왔을 때, 그들보다 한발 늦게 찾아온 아테인 일행과 아무런 설명도 안 해주고 마주하게 하는 바람에 하마터면 그 자리에서 전투를 벌일 뻔했다. 그때는 아젤도 칼로스도 재미있다는 듯 실실거리는 용의 면상을 한 대 후려치고 싶은 충동을 느꼈다.

하반과 미르넬을 아무런 설명도 안 해주고 사자로 보낸 것도 그렇고, 뒤이어 사이베인을 치료해 줄 사람이랍시고 보내는 것도 그렇고 예나 지금이나 성격은 변하지 않은 모양이다.

사이베인이 말했다.

"그럼 일단 치료를 해야겠는데……."

일행의 면면을 살피던 사이베인의 표정이 묘해졌다. 그가 라우라를 유심히 살펴보더니 말했다.

"혹시 아가씨는 아운소르 일족인가?"

"그렇습니다."

라우라가 대답했다. 사이베인이 실종된 것은 라우라가 공식석상에 모습을 드러내기 전이라 서로 안면이 없었다. 하지만 라우라의 외모는 아운소르의 특징을 고스란히 물려받았는지라 쉽게 추측할 수 있었던 것이다.

그가 의아해하며 물었다.

"아운소르의 일족이 어째서 아젤과 함께 있나?"

"배신했습니다."

"……."

"아실지 모르지만 우리 장로들은 최악이지요."

"…으음."

사이베인이 침음했다. 너무 간단하게 배신했다고 이야기하는 통에 한순간 멍해지고 말았다.

"듣고 싶은 이야기가 더 늘었군. 하지만 일단은… 치료부터 하지."

그가 눈을 감고 정신을 집중했다. 그러자 그에게서 강대한 용마력의 파동이 흘러나왔다.

─용혼 개방!

그 역시 용혼이라는 기술을 사용했다. 하지만 하반의 용혼과는 뚜렷하게 차별화되는 부분이 있었다.

그의 몸을 휘감은 용의 실루엣은 빛이 아니라 새카만 어둠이 뭉쳐서 꿈틀거렸다.

실로 불길하기 짝이 없는 광경이다. 아젤이 물었다.

"혹시나 해서 묻는 건데……."

"뭔가?"

"…그거, 치료 목적으로 꺼낸 거 맞지?"

"맞다만?"

"……."

아무리 봐도 전혀 그렇게 안 보인다. 일행들 모두 같은 감상을 공유하고 있었다.

사이베인이 말했다.

"말하고 싶은 바는 알겠지만 내 용혼의 능력이 치유인 것은 사실이다. 다만 내 마력의 근본이 어둠이다 보니 겉모습이 이러한 것뿐이지."

"음……."

"어둠의 마력으로 이루어졌다고는 하나 흑마법으로 생명력을 갈취해서 불어넣는 것과는 달리 부작용을 걱정할 필요가 없다는 것은 실험을 통해 검증했다. 내 명예를 걸고 약속하지."

"도저히 믿음이 안 가는 모습이기는 하지만… 뭐, 일단은 믿어보지."

"인간들에게는 무릎 꿇고 인사받기라는 격언이 있다던데 내 신세가 그런 것 같군?"

사이베인이 투덜거리면서 일행에게 다가갔다. 그리고 라우라에게 손을 내밀었다.

"아가씨부터 하지. 내 손을 잡아주겠나?"

"…네."

라우라는 조금 긴장한 기색으로 그 말에 따랐다. 사이베인을 휘감은 어둠의 용이 워낙 강력한 기세를 발하고 있어서 그 실루엣 안쪽으로 손을 내미는 것은 상당한 용기를 필요로 했다.

그런데 의외로 잡아보니 별 느낌이 없었다. 물속에다가 손을 담그는 정도의 압박감이다.

우우우우웅…….

직후 어둠의 용이 꿈틀거리면서 확장되었다. 그 몸을 이루는 어둠이 한층 짙어지면서 사이베인의 모습을 완전히 가리고, 그와 손을 맞잡은 라우라의 모습까지 가린다.

아젤이 미르넬에게 물었다.

"저거 진짜로 괜찮은 건가?"

"걱정하는 바는 알겠지만 저분의 치료 능력은 이 숲을 통틀어서도 한 손에 꼽히는 것이다. 용혼을 일깨운 지는 얼마 되지 않았지만 정말 탁월한 능력이지. 안심해도 좋다."

"으음……."

그런 말을 들어도 눈앞에서 꿈틀거리고 있는 어둠의 용을 보고 있노라면 전혀 안심이 되지 않는다. 감각을 활성화시켜서 안에서 무슨 일이 벌어지고 있는지 꿰뚫어 보려고 했지만 실패다. 아무것도 알 수가 없었다.

답답한 마음으로 기다린 지 10분쯤 지났을까?

어둠이 걷히면서 두 사람의 모습이 드러났다.

"라우라."

라우라는 사이베인의 손을 맞잡은 채 잠든 것처럼 눈을 감고 있었다. 그러다가 아젤의 부름에 퍼뜩 정신을 차리고 눈을 뜬다.

곧 그녀가 놀란 눈으로 자신의 몸을 내려다보았다.

"…완치됐어."

"뭐라고?"

"정말인가?"

카이렌과 유렌이 믿을 수 없다는 듯 물었다.

라우라 역시 중상자였다. 고위 흑마법사라서 생명력 갈취를 통해서 거동 가능한 상태까지는 회복했지만 완치되려면 한동안 요양해야 하는 수준이었다. 그런데 그걸 5분 만에 완치시키다니?

라우라가 중얼거렸다.

"마치 편안하게 잠든 것 같은 기분이었는데 그것만으로 이런 효과가……."

"아가씨의 용마력이 강하기 때문일세. 같은 상처를 입은 일반인에게는 이 정도 효력은 발휘되지 않지. 대신 아가씨의 용마력을 생명력으로 전환했으니 영맥은 거의 고갈 상태일걸세."

사이베인의 말에 라우라가 자신의 상태를 확인해 보았다. 확실히 마력은 거의 고갈되어 있었다. 하지만 그것도 마법을 격렬하게 사용했을 때처럼 괴로운 피로감을 유발하는 게 아니라 기분 좋은 나른함으로 다가왔다.

사이베인이 말했다.

"다들 마력이 강하니 치료가 좀 쉬울 것 같군. 다음 환자는 누구지?"

2

사이베인의 놀라운 치료 능력은 채 한 시간도 안 되어서 일행의 상태를 극적으로 회복시켰다.

다만 라우라를 제외하면 다들 완치에는 이르지 못했다. 사이베인은 이유를 설명했다.

"아까도 말했다시피 상대방의 용마력이 강하면 강할수록 치료 효과가 강해지지. 인간이나 용마인이 용살의 의식으로 용의 힘을 취했을 때, 그 힘을 흡수하는 과정에서 육체가 회복하는 것과 비슷한 원리거든."

용살의 의식에서 승리해서 용의 힘을 취할 경우, 육신의 강화는 서서히 이루어지지만 회복은 즉각적으로 이루어진다. 사이베인의 치유 능력은 그 과정을 모방하고 있었다.

라우라의 경우, 중상으로 인해서 용마력도 많이 떨어져 있는 상태이기는 했지만 체내에 용마기 비탄의 잔이 있었다. 그 안에 비축된 힘까지 끌어다 씀으로써 단숨에 중상을 완치하는 효과가 나왔다.

그에 비해 카이렌과 레티시아는 용마기도 없었고, 몸 상태가 안 좋은 만큼 영맥의 상태도 엉망이라 끌어낼 수 있는 용마력이 평소의 채 2할도 못 되었다. 당연히 라우라를 치료할 때와 비교하면 효과가 약했다.

유렌의 경우는 인간이고, 용살의 의식을 치른 경험도 없는지라 용마력 자체가 거의 없다. 그나마 칼로스가 남겨둔 수련법으로 인해서 마력이 미미하게 용마력 성향을 띠기는 했지만 그 정도로는 큰 효과를 기대기 어려웠다.

사이베인이 말했다.

"두 사람도 내일까지는 완치될 것 같고, 이 인간 청년도 사나흘이면 될 것 같군. 흑마법사 같은데 그동안은 생명력 갈취는 쓰지 말게. 부작용이 생길 수도 있으니까."

"알겠습니다."

유렌이 순순히 고개를 끄덕였다. 실제로 치료 효과를 체감하기도 했고, 척 봐도 사이베인은 자기보다 윗줄의 흑마법사라서 반감 없이 충고를 받아들일 수 있었다.

아젤이 혀를 내둘렀다.

"굉장한 능력이군. 이런 능력을 손에 넣어서 용마기를 딸에게 계승해 준 건가?"

"그건 아니다. 용마기를 지닌 채로는 용혼을 얻을 수 없어."

"음?"

"더 이상은 말할 수 없는 사항이니 이해해라. 외부인인 자네들에게 용혼에 대한 것을 이야기하려면 아발탄 님의 윤허를 받아야 해."

"묻고 싶은 것들은 뒤로 미뤄두라는 이야기군."

"나도 마찬가지다. 아, 혹시 내 딸은 무사한가?"

"적어도 며칠 전까지는 무사했지."

"그 말은… 내 딸과 싸웠다는 뜻이군."

"그래."

아젤은 그의 적의를 살 수 있다는 것을 알면서도 그 사실을 감추지 않았다.

용마전쟁 때, 둘은 서로 양립할 수 없는 적대관계였다. 아무리 아젤이 잠들어 있는 동안 오랜 세월이 흘러서 그가 변했다고 하더라도 적의를 지우기는 어렵다.

220년이라는 세월을 고스란히 살아온 사이베인은 그럴 수 있을지도 모른다. 그러나 아젤에게 있어서 용마전쟁은 그렇게 까마득한 오래전의 일처럼 여겨지지 않는다.

잠시 아젤을 바라보던 사이베인이 한숨을 쉬었다.

"…좋아. 일단 그 문제는 뒤로 미뤄두지. 따라와라. 아발탄 님이 그대들을 만나겠다고 하셨으니."

"숲의 중심부까지는 아직도 상당히 먼데… 오늘 내로 도착할 수 있겠나?"

"가능하다."

"어떻게?"

아발탄 숲의 면적은 이에로스 왕국의 영토와 비슷한 수준이다. 일행 전원이 완치되었다면 모를까, 부상자들을 달고 하루 만에 횡단할 만한 거리가 아니었다.

하지만 사이베인은 자신만만했다.

"내가 어떻게 여기까지 연락을 받자마자 왔다고 생각하나?"

"공간을 뛰어넘는 용마기를 가진 인물이라도 있나?"

"용마기는 아니지만 그대가 말한 그런 효과를 내는 것은 있지."

"뭐지?"

사이베인이 아젤의 답답해하는 반응을 즐기며 말했다.

"공허의 길."

3

마경 아발탄에는 공허의 길이 존재하고 있었다.

라우라도, 유렌과 레티시아도 모르던 사실이다. 하지만 실제로 어둠의 설원에서 통제하는 것과는 독립된 공허의 길이 존재하고 있었다.

"아버님께서 아발탄 님에 대한 호의로 설치해 주셨다고 하더군."

사이베인이 말했다.

거점이 많지는 않다. 하지만 광활한 아발탄 숲을 가로지를 때는 정말로 큰 도움이 되었다.

아젤이 혀를 내둘렀다.

"믿을 수 없을 정도로 유용한 시설이군. 이런 걸 놈들이 펑펑 써대고 있다는 걸 생각하니 정말 짜증 나는데."

이 공허의 길만 없었어도 그만큼 궁지에 몰리지는 않았을 것이다. 일행의 위치와 행보를 파악한다 해도 병력을 이동하는 데는 시간이 걸리게 마련이고, 일행은 소수인만큼 얼마든지 유연하게 행로를 바꿀 수 있으니까.

'역시 이것들을 부숴야 해.'

전에는 위치가 노출되는 것을 우려해서 보고도 지나쳤다. 하지만 이제는 어차피 비탄의 잔 때문에 위치를 감출 수 없으니 공허의 길 거점을 남김없이 부숴서 그들의 신출귀몰한 기동력을 빼앗는 편이 이득이었다.

"이건 한 번 사람을 옮기고 나면 다음 번 이동까지 얼마나 걸리지?"

아젤 일행이 네 명, 그리고 사이베인을 포함해서 숲의 인원이 세 명.

총 일곱 명뿐인데도 공허의 길은 두 번에 나눠서 써야 했다. 인원 제한이 네 명이었기 때문이다.

사이베인이 말했다.

"보통 10분 정도다."

"흠……."

잠시 후, 나머지 인원들이 이동해 왔다.

카이렌이 혀를 내둘렀다.

"공허의 길이라고 해서 이 어둠 속을 계속 헤매는 건가 싶었는데 그냥 쑥 들어가자마자 여기로 나오는 거였나? 굉장하군."

공허의 길 거점은 어둠의 설원에서 통제하는 것과 똑같은 원형의 금속 구조물이었다. 마법적인 장식이 들어간 테두리가 서서히 회전하는 가운데 깊이를 알 수 없는 어둠이 자리하고 있다.

다른 쪽에서 그곳으로 들어가는 순간, 눈앞이 잠깐 캄캄해졌나 싶더니 곧바로 이곳의 풍경이 펼쳐져 있었다. 정말 경이로운 일이다.

"그럼 따라와라."

사이베인이 앞장서서 걷기 시작했다.

공허의 길 거점에서 나오자 호수가 보였다. 호숫가에는 나무와 석재를 섞어서 지은 군데군데 커다란 나무들과 엮인 구조로 이루어진 집 수십 채가 있었다. 그것을 본 아젤이 말했다.

"전에 왔을 때는 석재는 안 썼었는데… 그새 좀 바뀌었군."

"그런가? 아마 나처럼 외부에서 오는 사람들이 영향을 끼쳐서 그렇겠지."

마경의 중심부라고는 하나 마을의 규모 자체는 그리 크지 않았다. 집도 200채도 안 되었고 인구도 천 명은 넘지 않을 것 같았다.

그러나 일행은 모두 바짝 긴장했다.

용마족과 용마인이 태반이었기 때문이다. 이곳은 그들과 인간 주민의 비율이 비슷했다.

'굉장하군.'

카이렌이 혀를 내둘렀다.

용마족이나 용마인이라고 해서 모두가 전투 병력은 아니다. 그들이 인간보다 탁월한 신체능력과 마력을 타고나는 것은 사실이지만, 인간처럼 다양한 일에 흥미를 갖고 자신의 적성을 고른다.

그렇다고는 해도 이 정도로 용마족과 용마인이 많이 몰려 있는 것을 보면 위협적으로 느낄 수밖에 없다. 흘러나오는 용마력 파동만 봐도 저들 중에는 마법이나 용령기를 연마한 자도 많아 보였다.

문득 유렌이 말했다.

"어린애가 상당히 많네?"

인간 아이들을 가리켜 한 말이 아니다. 이곳에는 용마족, 용마인 어린아이도 많았다. 다들 호기심 어린 눈길로 외부인인 일행들을 바라본다.

카이렌이 말했다.

"확실히… 놀랄 정도로 많군."

인간 사회에서 용마족, 용마인은 희귀한 소수자에 속한다. 그래서 정작 용마족인 카이렌도 용마족, 용마인 아이들은 그렇게 많이 보지 못했다. 지금 여기에 있는 아이들이 그가 평생 보아온 것보다 더 많을 것 같다.

유렌이 쓴웃음을 지었다.

"딱히 놀랄 정도는 아니지만……."

"음? 무슨 뜻인가?"

"용마족 숭배자들은 애들을 계속 낳아서 병력으로 양성하니까요. 제가 속했던 시설에도 아이는 꽤 많았어요."

"……."

"이 아이들은 행복한 환경에서 태어났군요."

유렌은 가슴을 찌르는 씁쓸한 아픔을 느꼈다. 자신이 구하고자 했던, 하지만 결국 구하지 못한 아이들이 생각났기 때문이었다.

사이베인이 그를 돌아보았다.

"자네는… 우리 조직 출신인가?"

"배신했습니다."

"……."

"솔직히 변변찮은 구석이라고는 찾기 힘든 조직이잖습니까?"

"으음……."

사이베인 입장에서는 할 말이 없었다. 그야말로 용마전쟁 이후 잔존세력을 그러모아서 현재의 조직을 만들어낸 핵심인물 중 하나였으니까.

그가 쓴웃음을 지으며 말했다.

"부정할 수가 없군. 나 또한 그래서 여기에 있는 것이니……."

문득 아젤은 사이베인이 왜 어둠의 설원에서 나와서 이곳에 있는 것인지 궁금해졌다. 딸인 니베리스에 대한 애정은 있는 것 같은데, 어째서 살아 있으면서도 그들과의 연락을 끊은 채로 이곳에 은거하고 있단 말인가?

"서로 하고 싶은 이야기가 많지만……."

사이베인이 마을의 북쪽 끝에 이르러 걸음을 멈추었다. 그리고 일행을 위해 길을 비키며 말했다.

"일단은 아발탄 님을 뵌 후로 미루도록 하지. 가봐라, 아젤."

"그러지."

마을의 북쪽 끝에는 호반으로부터 능선이 이어지는 산이 있었다. 아발탄의 처소는 아젤이 기억하고 있던 곳 그대로인 모양이다. 아젤은 동료들과 함께 산길을 올랐다.

4

산길을 오르는 동안 일행은 점점 다가오는 압박감을 느끼고 있었다. 그것은 일행 모두에게 어느 정도 익숙한 감각이다.

'저 너머에 용이 있다.'

모두가 그 사실을 느꼈다.

불과 수백 미터 떨어진 마을에 많은 용마족과 용마인이 있다. 그런데도 그들보다 훨씬 거대한 존재감이 저 너머에서 느껴졌다.

카이렌이 물었다.

"아발탄은 어떤 용이지?"

"기본적으로는 비룡이지요."

"기본적으로는?"

"지혜를 얻기 전까지 그는 비룡이었습니다. 그러나 용에 대한 상식을 적용하는 게 무의미한 존재라서 어떤 종류의 용인지를 말해봤자 의미가 없어요. 그러니 지금까지 상대해 본 용들로 인한 선입견은 싹 지우세요."

곧 산 정상에 도착한 일행은 아젤을 제외하고 모두들 경악을 금치 못했다.

거대한 용이 있었다.

용이 거대한 거야 너무나도 당연한 일이다. 하지만 봉우리 위에 앉아서 그들을 내려다보는 용은… 지금까지 보아온 그 어떤 용보다도 컸다.

일반적으로 비룡은 용들 중에서는 덩치가 작은 편에 속한다. 용들은 머리끝부터 꼬리 끝까지의 길이가 작으면 20미터에서 크면 40미터 정도 되며, 비룡은 30미터를 넘는 경우가 드물다. 그런데 눈앞의 용은 분명히 비룡인데도 최소한 60미터는 되는 것 같았다.

'정말 비룡인가?'

카이렌은 도저히 믿을 수가 없어서 용을 자세히 살펴보았다. 커다란 날개와 날렵해 보이는 체형, 푸르스름한 광택이 흐르는 백색의 비늘까지… 아무리 봐도 비룡이 맞았다.

문득 비룡이 히죽 웃었다.

일행은 화들짝 놀랐다. 완전히 다른 종인데도 마치 장난기 많은 노인이 웃는 것 같은, 명백히 감정을 읽어낼 수 있는 표정이었기 때문이다.

다음 순간 더욱 놀라운 일이 벌어졌다. 용이 아가리를 벌리더니 아주 발음이 또렷한 인간의 언어로 말한 것이다.

"오랜만이군. 아젤 제스트링어와 아젤 카르자크 중 어느 쪽으로 불러주길 바라나?"

"어느 쪽으로 부르든 마음대로 하셔도 됩니다. 지금은 그냥 아젤이면 될 것 같군요. 아발탄, 이제는 성장기가 끝난 것 같습니다?"

아젤은 피식 웃으며 대꾸했다. 아발탄이 앞발을 들어서 볼을 긁적인다. 이 또한 너무나도 인간적인 제스처라서 다들 멍청한 표정을 지었다.

"어째 그렇더군. 더 커지진 않았어."

"힘은 더 커진 것 같습니다만?"

"그건 아직 성장기가 맞는 것 같다."

아발탄에게서 흘러나오는 힘의 파동은 은은하다. 하지만 육중한 무게감이 있어서 저 거대한 몸 안에 어마어마한 힘이 잠재되어 있음을 추측할 수 있었다.

문득 아발탄이 몸을 낮추더니 한층 더 신기한 포즈를 보여주었다. 앞발을 굽혀서 팔꿈치를 땅에다 대고 턱을 괴는 것이 아닌가?

"허허허……."

몸짓 하나하나가 너무 비현실적이라 꿈을 꾸고 있는 게 아닌지 의심스러울 지경이다. 카이렌이 헛웃음을 흘렸다.

아발탄이 그런 반응을 즐기듯이 웃는다.

"흥미로운 일이다. 언젠가 찾아올 것을 알았으나 이렇게 찾아온 너를 만나니 무척이나 놀랍군. 인간인 네가 그만한 세월 동안 거의 변하지 않았다니."

"저도 놀랍고… 반갑군요."

아발탄은 그가 깨어난 이후 만난 몇 안 되는, 과거의 그를 알고 있는 존재였다.

과거에서 떨어져 나온 망령처럼 이 시대에 내던져진 아젤은 적인 레이거스와 알마릭을 만났을 때조차도 그런 이유로 반가움을 느꼈다. 사이베인을 만났을 때 적의가 별로 일지 않은 것도 그런 이유였다.

자신이 살아왔던 시대를 기억하고, 자신을 알아봐 주는 이와 이야기를 나눈다는 사실이 기쁨을 준다. 아젤의 표정에는 감출 수 없는 기쁨과 흥분이 드러나 있었다.

"제가 왜 당신을 찾아왔는지 아십니까?"

"220년 동안이나 정신없이 잤다면서? 내가 종종 잠들 때도 20년 이상은 자본 적이 없는 것 같은데 인간이면서 그만큼이나 자다니 정말 대단한 일이다. 친구 하나 없는 외톨이가 되었으니 나를 붙잡고 참한 아가씨라도 소개시켜 달라고 온 거

겠지?'

"…전보다 더 인간사에 해박해지셨군요."

아젤이 투덜거렸다. 그리고 물었다.

"제가 오래 잠들어 있었던 건 어떻게 아십니까?'

"전에, 인간들의 시간 감각으로는 꽤나 오래전에 칼로스 리제스터가 찾아와서 말해줬으니까. 라우스에 처박혀서 널 기다리겠다고 하더군."

"흠……."

"라우스에 가도 되냐는 허락을 원한다면 마음대로 해도 된 다. 애당초 칼로스 리제스터에게도 그러라고 했고."

"칼로스에게 무슨 일이 있었습니까?'

"찾아가 보면 알게 될 문제일 텐데?'

"그렇기는 합니다만……."

"더 이상 인간들과 어울려 살 수 있는 상태가 아니었다는 것만 말해주지. 언제 폭발할지 모르는 화산 같은 존재가 되었 어."

"무슨 뜻인지 모르겠군요."

"직접 보면 알게 될 것이다. 나 자신의 흥미와는 별개로, 아마 칼로스 리제스터는 모든 것을 자신이 밝히고 싶어 할 것 같군."

"그럴 것 같기는 하군요."

아젤이 한숨을 쉬었다.

그와 다시 만난다면 물어보고 싶은 것이 너무 많았다.

동시에 그와 만나는 것이 두렵기도 했다.

다른 사람도 아니고 친우인 칼로스를 다시 만나는 게 두렵다니… 참으로 우스운 소리다. 과거의 인연들과 단절된 채 먼 미래로 내던져진 아젤에게 있어서 칼로스가 아직 남아 있다는 사실은 너무나도 소중한 기적이었다.

그런데도 두렵다.

예언지킴이들에게 용마기를 계승받고 그가 안배해 둔 꿈에서 만났을 때, 아젤은 그와 직접 만나는 순간 뭔가가 끝장나 버릴 것 같은 절망적인 예감에 사로잡혔다. 그저 예감일 뿐이기는 하지만……

아발탄이 말했다.

"나를 찾아온 이유는 알 것 같다. 누군가가 가보라고 하지 않던가?"

"맞습니다. 그 누군가의 정체를 알려주실 수 있습니까?"

"없다."

"칼로스입니까?"

"그건 너 스스로 알아내야 할 사항이다."

"……"

"나 또한 약속을 나눈 몸이라 그 이상은 말할 수 없군."

"그렇다면……"

아젤은 심호흡을 한 번 한 다음 물었다.

"당신께서 제게 주실 것은 뭡니까?"

"마치 맡겨둔 것을 찾아가는 사람처럼 이야기하는군?"

"아닙니까?"

"있다. 역시 너는 쓸데없이 통찰력이 뛰어나니 놀리는 재미가 없어."

"제가 칼로스만 하겠습니까?"

"그랬지."

아발탄이 피식 웃었다. 그리고 말했다.

"여기까지 오는 동안 알게 된 것들을 말해봐라. 네가 깨어난 후에, 그동안 변한 세상에 대해서 무엇을 알게 되었는지… 그것들을 다 들어봐야 내가 뭘 말해줘야 할지 알 수 있겠군."

"음⋯⋯."

아젤은 잠시 고민했다. 그동안 알게 된 사실이라?

용마왕 숭배자들이 세상을 어떻게 변하게 했는지 알았다.

대암흑이라는 거대한 참극의 진실을 알았다.

수호그림자의 존재, 그리고 그들의 진정한 정체와 사명을 알았다.

마족의 정체를 알았다.

아젤의 이야기를 들은 아발탄이 말했다.

"흠. 대충 다 알았군. 그럼 그 뒷이야기를 해주지."

"뒷이야기?"

"불세르크라는 마족이 말한 대로, 이 세계의 근본적인 구조가 잘못되어 있다. 아젤, 너는 그게 그래서 어쨌냐고 묻고 싶겠지만 사실은 굉장히 중요한 문제다."

"어째서입니까? 그런 게 아니더라도 세상은……."

"인간의 관점에서 보면 엉망진창이지. 하지만 네가 인식하는 문제는 인간이 이룩한 문명의 테두리 안쪽의 것이다. 그건 인간들이 아웅다웅하면서 계속 반복하든 고쳐 나가든 해야할 문제지. 살아 있는 것들이 모여서 사는데 저마다의 형태가 있고 문제가 있는 거야 당연하니까. 하지만 그런 관점을 벗어난 문제가 있는 거다. 내가 이 땅을 외부의 인간들이 넘보지 못하는 것으로 만든 것처럼……."

"종이 멸종되는 것은 막아야 한다고 보았기 때문에. 그렇게 말씀하셨었죠?"

"그렇다. 인간의 세력이 강성하여 세상의 패자가 된 것까지는 뭐, 어쩔 수 없는 문제라고 생각한다. 그들이 그럴 만한 합리적인 강점을 지녔으니 그런 결과가 나온 거겠지. 그렇게 된 이유를 분석하자면 사흘밤낮을 이야기해도 모자라겠지만, 너는 그러기에는 별로 좋은 토론 상대가 아니군."

"…별로 지적이지 못해서 죄송합니다."

아젤이 투덜거렸다. 지혜로운 용, 아발탄은 심오한 마법의 비술을 터득한 마법사이기도 했다. 예전에 찾아왔을 때, 칼로스는 그와 죽이 잘 맞아서 아젤을 내버려 두고 그와 밤을 새가며 이야기를 나누었다.

아발탄이 웃는다.

"그런 대화는 마법사들과 나누는 쪽이 즐겁지. 거기 용마족 소녀와 인간 마법사는 아젤과의 대화가 끝나면 남아서 내 말벗이 되어주지 않겠나?"

"아… 기꺼이."

"영광입니다."

라우라와 유렌이 당황하면서 아발탄의 뜻을 받아들였다.

"흠. 어디까지 말했더라? 그렇지. 내가 마경을 세운 까닭에 대해서였군."

자문자답한 아발탄이 말을 이었다.

"인간이라는 패자와의 경쟁에 도태되었다는 이유만으로 하나의 종이 미래를 잃고 죽어가야 한다면 그것은 너무 가혹한 일이지. 인간이 지혜를 지닌 자들답게 관용을 베풀어 그들과 공존한다면 좋겠으나… 유감스럽게도 그렇지 못해."

"…그렇지요."

부정할 수 없는 사실이다. 인간은 그저 다른 곳에서 다른 형태로 살아가고 있다는 이유만으로도 상대에 대한 혐오를 품고 기꺼이 말살시키려는 생물이니까.

"그래서 나는 이곳을 그런 존재들이 살아갈 수 있는 땅으로 만들었다. 내가 만든 울타리가 세세토록 유지된다는 보장이 없으니 남들보다 조금 더 힘있는 내 자기만족에 불과할 수도 있지만, 그것이 수백 년의 역사로 이어져 갈 정도라면 나름의 의미는 있지 않겠나?"

아발탄은 숲에서 여러 세력이 다투는 것에 대해서는 방임한다. 그러나 약육강식의 법칙을 근간에 깔고 있는 이 숲에도 나름의 법도가 있으며, 그것보다 더욱 우선하는 대전제들도 존재한다.

외부의 세력이 이 땅을 침탈하려 한다면 모든 분쟁을 잊고 한마음, 한뜻이 되어 대적해야 한다.

어떤 경우에도 하나의 종을 몰살시키는 것은 용납하지 않는다.

이 두 가지는 아발탄이 숲의 주민들에게 강제한 절대적인 율법이었다.

아발탄이 말했다.

"마족에 대한 문제 역시 테두리 밖의 문제다. 좀 긴 이야기가 되겠는데 상관없겠지?"

"어차피 들어야 할 이야기 아닙니까?"

"그렇다. 거부권은 주지 않겠다."

아발탄이 장난스럽게 웃었다.

5

"마족들이 자신들의 거주 세계라 인식하는 지옥은 현세와 단절되어 있다. 그러나 먼 옛날부터 세상 곳곳에는 원인을 알 수 없는 뒤틀림이 있었고 그때마다 마족들이 현세에 발을 들여놓았지."

그렇게 현세에 나타난 마족들은 필사적으로 대화할 상대를 찾았다. 그들에게 있어서 누군가와 소통하는 것보다 중요한 갈망은 존재하지 않았으니까.

대부분의 시도는 덧없었다. 그들은 소통할 만한 상대를 만나기도 전에 지옥으로 끌려가고 말았다. 그리고 그런 상대를 만나도 뭔가 의미 있는 대화를 나누지도 못하고 다시 되돌아가야만 했다.

그런 시도가 얼마나 이어졌을까?

마침내 좀 다른 발상을 떠올린 마족이 나타났다.

"처음부터 노리고 한 짓은 아니었지만……."

그 마족이 현세에 발을 들였을 때, 주변에는 인간이라고는 아무도 없었다. 자신에게 주어진 시간이 얼마 없다는 사실을 알고 필사적으로 주변을 뒤졌으나 인간의 흔적조차 없었으며, 그 원인은 아주 간단했다.

그곳에 용이 있었기 때문이다.

"아직 마법조차 없던 시절이었다. 당연히 용살의 의식도 없었지."

따라서 인간과 용의 관계는 지금과 달리 일방적인 포식자와 피포식자의 관계였다. 용들의 영역은 지금보다 훨씬 넓었으며, 인간들은 그들의 서식처에는 얼씬도 하지 못했다.

"기적적으로 얻은 기회에 인간을 만나지 못한다는 사실에 절망한 그 마족은 용과의 소통을 시도했다."

아마도 호기심보다는 자포자기였으리라. 뻔히 안 될 것을 알면서도 찔러보기나 하자는 심정.

하지만 그 시도는 놀라운 결과를 낳았다.

"실체가 없는 존재여서였을까? 마족은 인간보다 훨씬 적극적으로 용과 소통할 수 있었다."

마족은 마치 자신의 사고능력을 용에게 빌려주는 듯한 감각을 맛보았다. 우둔한 폭군이었던 용은 놀랍도록 명료한 사고력으로 마족의 뜻을 알아듣고 소통할 수 있었다.

용과 마족, 양쪽에게 기적적인 일이었다.

용은 지혜를 갈망했고 마족은 소통을 갈망했다. 그리고 그 비원이 이루어진 것이다.

용은 늘 머릿속이 안개가 낀 듯이 답답했다. 세상을 볼 때마다 여러 가지 의문이 떠오르지만 아무것도 해결되지 못하고 안개 속으로 스러지고 만다. 그러한 답답함은 인간 같은 지성체를 만날 때마다 더욱 강해졌으며, 그렇게 쌓인 감정을 주체하지 못해서 폭주하고 말았다.

"잠깐만요."

이야기를 듣던 유렌이 끼어들었다. 아발탄이 그를 바라보았다.

"왜 그러나?"

"어르신의 말씀대로라면… 아, 이렇게 불러도 됩니까?"

"그렇게 불러도 좋다."

"네, 그럼… 역시 용에게는 인간의 심상을 읽어내는 능력이 있는 겁니까?"

마법사들은 용이 대치하는 인간의 심상을 읽어내는 능력이 있다는 가설을 세워두고 있었다. 하지만 용과 대화를 나누지 않는 한 그 가설이 진짜인지 확인하는 것은 불가능하다.

'그리고 나는 지금 그 기회를 얻었고!'

마법사라면 이 사실을 확인하지 않고는 견딜 수 없으리라.

아발탄이 빙긋 웃었다. 용의 웃음이 그토록 다양한 감정을 표현한다는 사실이 일행에게는 놀랍기만 했다.

"정확히는 인간이 아니라 사고능력을 지닌 모든 것의 심상이다. 그것도 딱히 읽으려고 해서 읽는 게 아니라… 그냥 흘러들어오지. 그것도 아주 방대한 영역에 걸쳐서. 인간들이 뭔가를 강하게 생각했을 때 흘러나오는 정신파는 생각보다 쉽게 사라지지 않아서 아주 먼 곳까지 날아가고는 하거든."

머릿속을 들여다보는 게 아니다. 그들이 사고할 때마다 흘러나오는 정신파를 자연스럽게 읽어 들이게 되는 것이다.

"그럼 용이 지혜를 갈구하는 이유도 그거겠군요."

"그렇다."

지혜를 알지 못하는 존재가 지혜를 갈구한다. 그것은 무척이나 이상한 일이다.

용은 지혜를 알고 있었다.

인간이 흘리는 의념을 받아들일 때마다 자신의 것이 아닌, 지혜를 지닌 자의 심상을 체험하게 되지만 그것은 일시적이다. 잠시 머릿속에서 지혜의 빛이 환하게 빛났다가 스러지니 그에 대한 갈망이 생기는 것은 필연이었다.

유렌이 혀를 내둘렀다.

"용이 폭주하는 게 그런 이유였을 줄이야……."

용들은 기본적으로 인간의 영역에 들어서는 것을 꺼린다. 용살의 의식으로 지혜를 얻을 가능성 때문이다.

그러나 종종 그들은 앞뒤 가리지 않고 폭주해서 인간들을 덮치는 경우가 있었다. 이 원인을 아는 사람은 아무도 없었는데…….

'스트레스가 쌓이다 못해 폭발한 상태였다 이거군.'

하긴 인간도 답답함이 계속 쌓이다 보면 발작을 일으키고는 하니, 훨씬 더 야성이 강한 만큼 자제력과 거리가 먼 용이 그런다면 매우 자연스러운 일이리라.

문득 아젤이 물었다.

"예전에 왔을 때… 칼로스는 이 사실을 묻지 않았습니까?"

아젤이 알기로 칼로스는 용이 인간의 심상을 읽어 들인다는 가설을 가설로 남겨두고 있었다. 그의 성격에 아발탄에게 그에 대해 묻지 않았을 리가 없었을 텐데…….

아발탄이 대답했다.

"물었으나 명확하게 대답하지 못했다. 내가 칼로스에게 그 질문을 들은 시점에는 답을 몰랐기 때문이지."

"그랬군요."

아발탄이 지혜를 획득했다고 해서 세상만사에 통달한 것은 아니다. 인간이라면, 아니, 지성체라면 당연히 가진 능력을 획득한 것에 지나지 않는다. 그 역시 끊임없이 지식을 갈구하고 미지를 탐구하는 자였다.

"그럼 이야기를 계속하지."

아발탄이 말을 이었다.

용과 마족은 모두 원하던 것을 얻었다. 그러나 그것은 금세 끝나 버릴 백일몽과도 같았다.

마족은 필사적으로 지혜를 쥐어짜냈다. 이 기적을 헛되이 하고 싶지 않았다. 어떻게든 완전한 것으로 만들고 싶었다.

다행히 용의 뜻도 완전히 그와 일치했다.

지혜를 공유하는 둘은 기적의 시간이 끝나기 전에 방법을 떠올리는 데 성공했다. 마족 혼자서는 생각조차 할 수 없었던, 이 시간이 영원하기를 갈구하는 둘이 한자리에 있기에 성립하는 도박을.

바로 실체를 지닌 용과, 실체 없는 마족의 융합이었다.

아발탄이 말을 이었다.

"그리하여 이 세계가 시작된 이래 최초로 부모 없이 대지를 걷게 된 존재가 나타났으니, 그는 스스로를 용마족이라 정의하고 자신의 이름을 아테인이라 칭했다."

그것이 바로 용마족의 탄생이었다.

6

아발탄의 이야기는 계속되었다.

"아젤, 너는 1세대 용마족을 제법 많이 알고 있지."

"그런 편이지요."

그 대부분이 적이기는 했지만… 그래도 직접 만나서 이야기를 나눠본 1세대 용마족만 해도 여럿이다.

"아테인이 최초의 용마족이기는 하지만 유일한 1세대 용마족은 아니었지. 그 후에도 1세대 용마족들이 나타나면서 지상에 용마족의 핏줄이 이어지기 시작했다."

아테인은 스스로의 이름을 알았으며, 용과 마족이 하나가 되어 탄생했다는 기원도 알았다.

그러나 그 외에는 아무것도 기억하지 못했다.

마족 중에서도 마족이 되는 과정, 그 진실을 아는 자는 극소수다. 대부분의 마족은 인간 시절을 기억하기는커녕 자기가 마족이 되기 전에는 인간이었다는 사실조차 모른다.

그런 기억의 상실이 용마족이 되는 순간 반복되었다.

"아테인은 이 세상을 걷는 그 순간부터, 자신에 대해 알고 싶다는 강한 열망을 품고 있었다."

모든 1세대 용마족이 그런 것은 아니다. 아젤도 그 사실을 알고 있었다. 예를 들면 레슈는 이전에 자신이 어떤 용이었고, 어떤 마족이었는지에 대해서는 관심조차 없었다.

어쨌든 아테인은 그런 열망을 품고 있었기에 세상을 떠돌면서 단서를 찾는 한편, 스스로의 능력을 파악하고 그 잠재력을 끌어내기 위한 연구를 거듭했다.

"그 결과 마법이 탄생했고 용령기도 탄생했고… 그것을 인간에게 전하는 과정에서 스피릿 오더도 탄생했다더군."

"진짜 최초의 마법사였군요. 하지만 용령기까지는 그렇다 치고 스피릿 오더도 아테인이 만들었다니……."

아젤은 어이가 없었다. 그야말로 신화의 주인공이 아닌가?

하지만 의심하거나 부정하지는 않는다. 아젤 입장에서는 납득이 가는 사실이었기 때문이다.

아발탄이 재미있다는 듯 웃으며 말한다.

"물론 모든 것을 그 혼자서 만들어낸 것은 아니다. 최초에 마법과 용령기를 만들어낸 게 그였지만 세상에 전파되면서 많은 이가 새로운 가능성을 개척했지. 사령술이나 불사체의 탄생이 그렇고, 용마기도 그렇다."

"용마기는 아테인의 작품이 아닙니까? 그게 더 의외인데……."

"나도 그건 아테인에게 들었을 때 좀 의외라고 생각했다. 하지만 용마기를 만들어낸 것은 아테인의 까마득한 후손쯤 되는 여자 용마족이었다고 하더군. 아테인 말로는 그게… 음. 인간이 기록한 역사에 따르면 오성국 시대였다고 하던데.”

“……”

잠깐 침묵이 흘렀다.

카이렌이 아연해하며 물었다.

“오성국 시대라면… 3천 년도 더 전입니다만?”

종이도, 잉크도 없어서 점토판에다가 새긴 상형문자로 기록을 남겼고… 그래서 실제로 그 시대가 어땠는지 역사학자들 사이에서 갑론을박이 벌어지는 고대다.

아발탄이 말했다.

“내가 알에서 깨어난 것보다도 한참 전의 일이지.”

“실례지만 연세가 어떻게 되시는지…….”

“정확히 모른다. 대충 천 살은 넘는 것 같지만.”

용의 수명은 천 년에 이른다고 알려져 있었다. 국가와 비교해야 할 정도로 장구한 세월을 살아가는 생물이고 인간과 별로 접촉하지 않다 보니 기록으로도 나이를 추정하기 어렵다.

아발탄은 지혜를 얻기 전의 삶이 어땠는지 잘 기억하지 못한다. 그러니 자기 나이를 모르는 것이 자연스러웠다.

“어쨌든 아테인에 비하면 까마득하게 젊은 청춘이지.”

“……”

“청춘…….”

다들 어이없어하며 아발탄을 바라보았다. 아발탄이 능글

맞게 웃으며 말을 이었다.

"어쨌든 아테인이 활발하게 활동함으로써 또 다른 1세대 용마족들이 나타나기 시작했다."

이 과정은 아테인도 추측하고 있을 뿐이다.

그가 세계 곳곳을 떠돌며 활동함으로써 존재를 드러내자 자연히 마족들이 그를 주목했다. 그리고 어째서 그와 같은 존재가 나타날 수 있었는지 그 인과 관계를 추적한 끝에 기원에 대해서 알게 되었다.

"기회는 쉽게 찾아오지 않았지만 기회를 얻는 마족은 당연히 같은 일을 재현하고자 했지."

그래서 세상 곳곳에서 1세대 용마족이 나타났으며 그 혈통이 퍼져 나갔다.

"시간이 지날수록 인간은 번성했다."

문명이 발달하고, 더 많은 이를 수용할 수 있는 사회 체계를 정립하면서 인간의 수는 계속해서 불어났다. 용마족과 용마인도 계속 늘어났지만 인간이 늘어나는 속도와는 비할 바가 못 되었다.

"하지만 1세대 용마족은 그렇게 많이 나타나지 않았다. … 음. 슬슬 도대체 무슨 말을 하고 싶어서 이런 이야기를 길게 늘어놓는 건지 궁금하다는 표정을 짓고 있군."

"솔직히 그렇습니다. 역사의 진실이 흥미롭기는 하지만……."

자신이 그것을 알아야 할 이유가 무엇이란 말인가?

아젤은 딱히 진실의 탐구자가 아니다. 마법사인 라우라나 유렌이야 눈을 초롱초롱 빛내고 있지만 아젤은 빨리 본론으로 들어가기만 기다리고 있었다.

"어쨌든 지금까지의 이야기는 결론을 이야기하기 위해 필요했다. 결론은 1세대 용마족의 발생 속도가 계속 빨라지고 있다는 것이다."

"음? 그게 무슨 뜻입니까?"

"아젤, 네가 전에 이곳에 방문했던 이후로 이곳에서 두 명의 1세대 용마족이 탄생했다. 그리고 외부에서 이곳으로 온 1세대 용마족이 둘 있었으며, 그중 하나는 용들과 영역 다툼을 하다가 죽었다."

"그러니까 220년 동안 최소한 네 명의 1세대 용마족이 탄생했다는 말씀이군요. 아마 더 많이 탄생했을 거라고 추정되고."

"그렇다."

"그게 의미하는 바는 뭡니까?"

"현세와 지옥이 겹쳐지는 경우가 점점 늘어나고 있다는 것."

"음……."

아젤이 눈살을 찌푸렸다. 아발탄은 굉장히 심각한 문제처럼 말했지만 별로 와 닿지 않았기 때문이다.

아발탄이 말했다.

"예상대로의 반응이군. 그래서 처음부터 이게 테두리 밖의 문제라고 말했던 것이다. 네 마법사 일행은 이 문제가 어떤 의미를 갖는지 이해한 것 같구나."

그 말에 아젤은 라우라와 유렌을 바라보았다. 두 사람은 굉장히 심각한 표정을 짓고 있었다.

아젤이 물었다.

"왜 그래?"

"아니, 아젤. 그러니까 어르신의 말씀대로라면……."

유렌이 잔뜩 찌푸린 얼굴로 말했다.

"…원인은 알 수 없지만 어쨌든 마족이 사는 '지옥' 이라는 세계가 점점 현세를 침식하고 있다는 결론이 나오는데?"

"용마족이 태어나는 원인이 그거겠지. 그게 뭐가 문제지?"

"그야 큰 문제지. 현세가 지옥에 침식당해서 멸망할 수도 있다는 거잖아?"

"아니, 내가 말하고 싶은 것은……."

아젤이 눈살을 찌푸렸다.

"그게 우리가 당장 걱정해야 할 문제인가?"

"음?"

"거시적인 관점에서 볼 때, 그게 인류 전체가 인식하고 대책을 연구해야 할 문제라는 것은 알겠어. 그런데 내게는 그게 마치 우리가 배불리 먹고 있는 동안 어딘가에서는 사람들이

굶어 죽어가고 있는데 이걸 어쩔 거냐고 묻는 거랑 별로 다르게 다가오지 않는군."

"그야 그렇지만……."

유렌은 할 말이 궁해졌다. 확실히 아젤의 말이 옳았다. 아발탄이 알려준 사실은 언젠가 세계가 파멸할지도 모르는 위험을 시사하지만 용마왕 숭배자들과의 싸움과는 관계가 없다.

아젤이 한숨을 쉬었다.

"마족의 진실도 그렇고, 왜 내게 이런 걸 알려주는지 모르겠군. 세계의 파멸을 막아달라는 의도로 전달한 거라면… 검으로 눈앞의 적과 싸우는 게 전문인 나한테 비밀리에 알려줄 게 아니라 온 세상에 알려서 대책을 연구하게 했어야지."

"그게 해결되어야 할 문제라는 것은 인식하고 있다는 거로구나."

아발탄의 지적에 아젤이 대답했다.

"물론입니다. 단지 제게 해결하라고 부탁할 문제는 아니라는 거죠. 이게 정말 심각한 문제임을 알고 해결하기 위해 노력하고 있는 누군가가 제게 도움을 요청한다면, 제가 도울 수도 있을 겁니다. 하지만 그것도 제가 맞닥뜨린 싸움이 끝난 후에나 가능한 일입니다."

"어쩌면 그게 네게 이 사실들을 알린 누군가의 의도일 수도 있겠지."

"이런 문제가 있음을 알아달라. 나중에 당신 앞에 나타나서 도움을 요청할 테니 그때 외면하지 말아달라. 이런 뜻이라는 겁니까?"

"아마도."

"고작 그런 이야기를 하기 위해 이토록 거창한 일을 꾸미는 인물이라면… 낭비가 너무 심하다고 한마디 해주고 싶군요. 어쨌든 말해주고자 하는 것은 알았으니 나머지는 직접 제 앞에 나타나서 도움을 요청한 후에나 생각해 볼 일입니다."

"어쩌면 이미 가까이에 있는지도 모른다."

"무슨 뜻입니까?"

"그냥 그렇다는 것이다."

"……"

의미심장한 아발탄의 말에 아젤이 그를 쏘아보았지만 그는 능글맞은 웃음을 지을 뿐이었다. 결국 아젤은 한숨을 쉬었다.

"제가 들어야 할 이야기가 또 있습니까?"

"있다."

"뭡니까?"

"칼로스가 내게 한 가지 비술을 전해주고 그에 대한 교환 조건으로 한 가지 선물을 부탁했다."

"이제야 제가 기대한 이야기가 나오는 것 같군요. 뭡니까?"

"용혼이다."

그 말에 아젤의 눈이 크게 떠졌다.

아발탄이 말했다.

"이 땅에서 창조된 그 비술이 칼로스가 네게 전하는 선물이다."

7

일행은 라우라와 유렌을 아발탄에게 남겨둔 채로 산에서 내려왔다.

마을에 들어서자 아이들을 상대로 뭔가를 가르치고 있던 사이베인이 그들을 돌아보았다. 그러다가 아이들에게 양해를 구하고는 일행에게 다가왔다.

"이야기는 잘 끝났나?"

"그럭저럭. 당신은 뭘 하고 있었지?"

"아이들에게 마법을 가르치고 있었지."

"당신 말고도 마법사가 지천에 널린 것 같은데."

"그렇지. 그런데 다들 내게 기초나 가르쳐 달라고 애들을 맡기더군. 나도 내가 교사의 적성이 있다고는 생각 못했기 때문에 나름 재미있는 경험을 하고 있다."

사이베인이 미소 지었다. 아젤이 말했다.

"그렇군. 그런데……."

"잠시 걷지 않겠나?"

"음. 그러지."

아젤은 고개를 끄덕이고는 카이렌과 레티시아에게 눈짓을 보냈다.

사이베인과는 하고 싶은 이야기가 많았다. 어떤 사연이 있어서 어둠의 설원을 떠나서 여기에 와 있는가, 그런 의문을 풀기 위해서가 아니라… 그저 그와 이야기를 나누고 싶었다.

'허당왕자가 반갑게 느껴지는 날이 올 줄이야…….'

아젤에게 있어서 사이베인은 증오스러운 적이다. 지금은 어둠의 설원을 떠났다고는 하나 인류에게서 중요한 지식을 빼앗고, 대암흑이라는 재앙을 퍼뜨리고… 무엇보다 카르자크 후작령을 말살시키는 데도 관여했으리라.

그런 일들을 생각하면 그를 찢어 죽여도 부족하다. 그런데도 그에 대한 적의보다는 같은 시대를 살아온 이를 만났다는 그리움과 반가움이 더 크다는 사실이 어이없기도 했다.

사이베인이 물었다.

"아발탄 님과 어떤 이야기를 나누었는지 물어봐도 되겠나?"

"아주 먼 미래에 세상이 멸망할지도 모르니 거기에 대한 해결책을 찾으라고 하던데. 그래서 난 눈앞의 일에 급급한 인간이니까 좀 더 멀리 보고 사는 사람에게 부탁하라고 했지."

"흥미로운 이야기를 나눈 모양이군."

"그리고 용혼을 배워 가기로 했다."

"용혼을?"

사이베인이 깜짝 놀랐다. 그리고 물었다.

"이 숲의 주민이 되기로 한 건가?"

"아니야."

"그런데도 용혼을 가르쳐 주겠다고 하셨단 말인가?"

"숲 바깥으로 유출하는 것이 용납되지 않는 비기라고 하더군."

아발탄은 용혼에 대해서 간략하게 설명해 주었다.

용혼이 탄생한 것은 지금으로부터 100여 년 전, 이 숲의 어떤 인물에 의해서다. 용마기 탄생 이후 수천 년이 지나서야 용마력에 잠재된 새로운 가능성이 발견된 것이다.

용혼은 강한 용마력을 지닌 자만이 터득할 수 있다. 용마기와 마찬가지다.

또한 용마기와 용혼은 양립할 수 없다. 따라서 용마기 보유자는 용혼을 터득하는 것이 불가능하다.

'공작님과 레티시아가 용마기를 갖지 못한 것이 오히려 행운이 될 줄이야.'

원래 아젤은 예언지킴이들에게 돌려받은 용마기들을 카이렌과 레티시아에게 하나씩 계승해 주려고 했다. 하지만 용혼이라는 비술을 얻은 이상 굳이 자신의 전력을 저하시킬 필요가 없어진다.

"물론 조건이 붙었지. 제한된 수의 사람에게만 전수할 것."

원래는 일행만이 익히고, 더 이상 전수하지 않는다는 조건이었다.

하지만 아젤이 교섭을 시도했다.

자신과 라우라는 용마기 보유자이며 유렌은 용마력이 미미하다. 따라서 일행 중에 용혼을 터득하기에 적합한 사람은 카이렌과 레티시아뿐이다.

칼로스가 무엇을 대가로 주었는지 모르겠지만 그 가치가 고작 두 사람만 용혼을 익히게 해줄 정도는 아닐 것 같다. 용혼을 전수할 수 있는 인원을 더 늘려달라.

교섭은 성공적으로 끝났다. 아젤은 이 숲을 나간 뒤에 최대 다섯 명에게 용혼을 전수할 권리를 받았다.

"도대체 어떤 거래가 있었는지 궁금해지는군. 분명 아발탄 님이 그런 파격적인 조건을 허락할 만한 대가를 치른 거겠지."

용마왕 숭배자들은 인간의 힘을 약화시키기 위해 중요한 지식을 유실시켰다. 그러나 그러한 활동도 아발탄 숲에는 미치지 못해서 이곳에는 용살의 의식과 용마기는 물론이고, 잊힌 비술들에 대한 지식도 고스란히 남아 있었다.

아발탄은 그러한 지식들이 외부로 유출되는 것을 금했다. 아발탄 숲을 인간들이 개척할 수 없는 마경으로 두기 위해서는 힘이 필요하기 때문이다. 이곳에서 개발되어 발전해 온 용혼은 결코 외부로 유출되어서는 안 되는 힘으로 규정되어 있었다.

아젤이 말했다.

"그렇지. 용혼은 용혼의 창시자에게서 배우라고 하던데, 그에게 안내해 줄 수 있나?"

"용혼의 창시자?"

사이베인의 표정이 묘해졌다. 아젤이 의아해하며 물었다.

"내가 아는 사람인가?"

"아마 그럴 것 같군. 하지만 아발탄 님이 가르쳐 주시지 않았다면… 아마 직접 만나볼 때까지는 말해주지 말라는 뜻이겠지."

"내 입장에서는 짜증 나지만 신세 지는 입장이니 참고 넘어갈 수밖에 없군."

아젤이 혀를 찼다.

그 모습을 보며 실소하던 사이베인이 물었다.

"그럼 이제 내 딸에 대해서 이야기해 줄 수 있겠나?"

그 말에 아젤은 잠시 침묵했다. 그리고 대답 대신 질문을 던졌다.

"왜 딸에게 용마기를 계승해 줬으면서 만나지는 않았지?"

"그렇게 약속했기 때문이다."

"약속?"

사이베인이 쓴웃음을 지었다.

"이곳에 왔을 때, 나는 수호그림자들에게 공격받아서 다 죽어가는 몸이었다. 아발탄 님이 나를 거두어주시면서 내건 조건이 외부와의 연락을 완전히 끊을 것이었지."

이유는 간단했다.

아발탄 숲은 어둠의 설원과 그리 사이가 좋지 않다. 아테인이 살아 있을 때는 서로 존중했지만 용마전쟁 이후로는 아발탄 숲을 침범해 오는 어둠의 설원과 몇 번이나 싸워왔기에 사이가 악화되었다.

그런 사정을 생각하면 어둠의 설원의 요인인 사이베인을 아발탄이 받아준 것 자체가 큰 관용을 베풀었다고 할 수 있으리라.

"내 딸이 이 숲에 왔을 때 암혼의 서를 전해준 것만 해도 내부적으로는 말이 많았지. 그래도 그 건은 아발탄 님이 허가해주셨고……."

문득 아젤은 버레인 미르켈 백작에게 들었던 이야기를 떠올리고 물었다.

"혹시 20년 전쯤에… 루레인 왕국에서 수호그림자와 싸운 강한 용마족이라는 게 당신이었나?"

"수호그림자에게 들었나? 그거라면 내가 맞을 거다."

"역시 그랬군."

"거기서부터 시작이었지. 계속해서 수호그림자들의 추적

을 받으면서 쫓기다가 여기에 도달했다."

"왜 그랬지?"

"뭐가 말인가?"

"왜 용마왕 숭배자들의 도움을 받아서 빠져나가지 않고 이곳으로 온 거지?"

"……."

사이베인이 입을 다물었다. 그들의 추적이 너무 집요해서 빠져나갈 수 없는 상황이었다. 그렇게 말하지 않는 것은 다른 이유가 있기 때문이리라.

곧 그가 한숨을 쉬며 말했다.

"그 이야기를 하기 전에 내 딸에 대해서 듣고 싶다."

"니베리스는 무사히 살아 있다. 당신이 준 암혼의 서도 잘 쓰고 있고. 현재 어둠의 설원에서 내세우고 있는 젊은 세대의 선봉장 중 하나인 것 같더군. 내 동료인 라우라와는 경쟁하는 사이였고."

"그렇군……."

"그 이상은… 별로 들려줘 봤자 당신 기분이 좋을 이야기는 아닐 거야."

"이야기해 주면 좋겠군. 별로 내 기분을 고려해 줄 필요는 없지 않나?"

본인이 이렇게 말한다면 굳이 배려해 줄 이유는 없으리라. 아젤은 내키지 않는 기분을 느끼면서도 사실대로 말해주었다.

"좋아. 나는 네 딸에게 한 번 죽을 뻔했고, 내 동료도 한 번 죽을 뻔했고… 그리고 내가 그녀를 죽일 뻔하기도 했지. 라우라에게 감사하도록 해."

"그건 무슨 뜻이지?"

"당시에 나는 네 딸의 명줄을 쥐고 있었어. 하지만 라우라가 배신하고 비탄의 잔을 넘겨주는 것을 대가로 네 딸을, 정확히는 그 자리에 있던 녀석들 모두를 살려 보내줄 것을 요구했다. 내가 그때 그 제안을 받아들이지 않았다면 네 딸은 죽었겠지."

그리고 라우라와 동료가 되는 일도 없었으리라. 아젤은 그때의 선택은 올바른 것이었다고 확신할 수 있었다.

사이베인이 복잡한 심경이 드러나는 표정을 지었다.

"그랬군……."

"그리고 네 딸을 보필하던 듀랑이라는 자는 내가 죽였다."

그 말에 사이베인이 놀란 표정으로 아젤을 바라보았다. 아젤이 말했다.

"자신이 불민하여 니베리스를 지켜주지 못한 것을 네게 사과하며 죽었다. 네게 은혜를 입었던 것 같더군."

"듀랑이…… 그가 그렇게 죽었나……."

사이베인은 손을 들어 얼굴을 가렸다. 목소리에서 깊은 슬픔이 묻어나고 있었다.

그것만 봐도 사이베인과 듀랑의 인연이 깊었음을 추정할

수 있었다. 적어도 듀랑에게 있어서 사이베인은 인생의 바른 길을 제시해 준 구원자였을 것이고, 사이베인 또한 그를 가벼이 여기지 않았으리라.

아젤은 말없이 사이베인이 슬퍼하는 것을 보고 있었다. 그러다가 물었다.

"나를 원망하나?"

"…그렇지 않다고 하면 거짓말이겠지."

사이베인이 슬픔을 담은 눈으로 아젤을 바라보았다.

"하지만 자포자기해서 나를 믿었던 자들을 다 내팽개치고 도망쳐 버린 내가, 그 후의 일에 대해서 너를 책망할 자격은 없을 것 같다."

"왜 그랬지?"

아젤은 다시금 물었다. 사이베인이 쓴웃음을 지었다.

"조금 전에 말한 대로 자포자기해서다. 처의 죽음이 결정적인 계기였지만… 그전부터 점차 미쳐 가는 주변의 분위기에 진저리를 내고 있었어."

그의 눈이 호수로 향했다. 하지만 잔잔한 수면이 아닌, 좀 더 먼 곳을 바라보고 있는 것 같았다.

"그대가 아버님을 쓰러뜨린 것은 우리에게는 돌이킬 수 없는 상처였다"

인간들 입장에서 보면 용마왕군은 역사상 최악의 재앙이었다.

그러나 역사를 잘 살펴보면 그들과 비슷한 논리로 행동했던 집단은 얼마든지 있다. 행위 그 자체만으로 본다면 용마왕군은 드높은 야망을 품은 왕의 군대였을 뿐이다.

정복자 집단이 자신이 정복한 땅에 사는 자들을 하층 계급으로 만드는 것이 이상한가?

아니다. 크든 작든 인간의 역사에서 너무나도 흔하게 찾아볼 수 있는 경우다.

용마왕군이 다른 정복자 집단과 달랐던 점은 인간이 아니라 용마족이 주축이었으며, 그 어떤 정복자 집단과도 비할 수 없을 정도로 압도적인 힘과 규모를 보였다는 것에 있다. 그렇기에 인간들은 그 어느 때보다도 강하게 반발했던 것이다.

즉 그들은 용마족이 주축이 되었다는 것만 제외한다면 본질적으로는 인간의 국가 세력이나 다름이 없었다.

하지만 어둠의 설원은 다르다.

"아물지 않는 상처로 조금씩 광기의 독이 스며들어서⋯ 어느 순간에는 돌이킬 수 없게 되었지."

용마전쟁에서 패배한 후, 그들은 아테인을 신격화하고 언젠가 그가 부활한다는 믿음에 매달리는 광신도 집단으로 변질되어 버렸다.

"우리는 패잔병일지언정 긍지 높은 왕국의 전사들이어야 했다. 그러나⋯ 그저 음습한 종교 조직으로 전락하고 말았어."

구주 아테인의 부활을 예비한다는 미명 아래 갖가지 추악한 행위들이 이루어졌다. 대륙을 통일하여 이상적인 세상을 만들겠다는 처음의 뜻은 이미 산산이 부서져 그 흔적조차 찾을 수 없게 되어 있었다.

상층부가 이런 분위기를 다스렸으면 모를까, 그들이야말로 광기의 심층부라고 할 수 있는 자들이었다. 위대한 어둠을 품은 아인세라의 자아가 빠르게 마모되어 가면서 그런 분위기가 더욱 가속되어 갔다.

아젤이 물었다.

"그걸 막을 생각은 하지 않았나?"

"노력은 해봤지. 하지만 내 능력으로는 할 수 없었다."

사이베인은 용마왕의 자식 중에 유일한 생존자였다.

하지만 그런 상징성에도 불구하고 그에게는 실질적인 권력이 없었다.

"난 그저 그들이 유용하게 써먹는 간판이었을 뿐이다. 스스로에게 정치적인 역량이 없다는 것을 정말 뼈저리게 실감했지."

용마왕의 이상이 아직 종말을 맞이하지 않고 살아 있다는 것을 증명하는 간판.

어떻게든 잘못되어 가는 주변을 바로잡을 입지를 얻어 보고자 했다. 세상을 돌면서 기꺼이 위험한 일, 추악한 일을 수행해 가면서 동지가 될 자들을 구하고 조직의 기반을 닦았다.

그러나 사이베인이 얻은 인망은 모두 뒤틀린 계급 체계의 밑바닥에만 있었다.

노력하면 노력할수록 실권은 멀어져 가기만 했다. 전면에 나서지 않고 혈기왕성한 자들을 희생양으로 내세우는 용마전쟁의 희생자, 아니, 망령들이 권좌에 앉아서 광기의 무게를 더해갔다.

아인세라가 그의 배경이 되어줬다면 상황이 달라졌으리라. 그러나 아인세라는 자아가 마모되면서 점차 조직의 분위기나 세력 간의 알력에는 아무런 관심을 보이지 않게 되었다.

"나는 지쳐 있었다. 스스로 지쳤다고 생각한 지는 백 년도 넘었을 거야. 우리가 미치기까지는 그리 오랜 시간이 걸리지 않았으니까. 오늘의 우리가 어제보다 더 미쳤다는 사실이, 어제의 우리가 미치지 않았음을 증명해 주지는 않지."

싸워서 누군가를 구한다 하더라도 공허할 뿐이다. 그렇게 구해낸 이들은 과거의 영광에 사로잡힌 늙은이들을 위한 희생양이 될 뿐이었으니까.

전력을 다해 눈앞의 문제를 해결할수록 근본적인 문제가 더 커지는 딜레마.

끊임없이 그 딜레마에 상처받던 사이베인이 모든 것을 포기한 것은, 두 가지 일 때문이었다.

"그건……."

그 이유에 대해서 말하려던 사이베인은 문득 입을 다물었다. 저편에서 미르넬이 다가왔기 때문이었다. 그녀가 고혹적인 미소를 지으며 말했다.

"사이베인 선생님. 말씀 나누시는데 죄송하지만… 여기 손님에게 전갈이 와서요."

"전갈?"

"용혼의 창시자께서 처소에 돌아와서 기다리고 계시다고 해. 워낙 돌아다니길 좋아하시는 분이라서 기다리게 하면 못 참고 또 어디로 훌쩍 떠나 버리실지도 몰라."

"변덕스러운 인물인가 보군. 알겠어."

그렇게 말한 아젤이 사이베인을 바라보았다.

"나머지 이야기는 다음에 듣도록 하지."

"그러지. 나도 그대에게 듣고 싶은 이야기가 아직 남아 있으니까……."

"그럼."

아젤은 그를 뒤로 하고 미르넬을 따라서 용혼의 창시자가 있는 곳으로 향했다.

멀어져 가던 그의 뒷모습을 가만히 바라보던 사이베인이 중얼거렸다.

"정말로 나를 절망하게 만드는 것은… 우리에게 절망해서 이상이 실패했다고 결론지으신 아버님께서 그대만은 믿고 있었을지도 모른다는 사실이다."

숲의 심층부, 아발탄이 다스리는 일종의 직할령은 넓다.

안에 살고 있는 주민은 그리 많지 않아서 상당 부분이 세력의 공백 지대로 남아 있지만 숲의 주민들은 다들 감히 그곳에서 말썽을 일으키지 않는다. 그들에게 있어서 아발탄은 신성한 왕이었으며 그가 직접 다스리는 곳은 성지와도 같았기 때문이다.

용혼의 창시자는 그 끄트머리, 대륙 동쪽의 해안가에 위치한 산봉우리에 거하고 있다고 했다.

미르넬이 말했다.

"별로 사람 살 만한 곳이 아니라서 제자를 두었을 때를 제외하면 그분만 있는 곳이야."

"멀쩡한 마을을 두고 그런 곳에 자리 잡은 걸로 봐서 사교성이 최악인가 보군."

"그렇진 않아."

미르넬이 고개를 저었다.

"그분은 편안하고 친근한 분이지. 예전에는 다른 1세대 용마족들이 그렇듯이 워낙 분위기가 흉흉해서 다가갈 수도 없을 때도 있었다지만……."

"1세대 용마족들 성격이 폭급한가?"

아젤이 의아해하며 물었다.

1세대 용마족에 대해서 별로 좋은 인상을 품지는 않았지만 그가 접해본 1세대 용마족들의 성격은 다양했다. 레이거스처럼 끝을 알 수 없는 바보가 있는가 하면 아테인처럼 속을 알 수 없는 자도 있고 레슈처럼 순진한 짐승 같은 성품의 소유자도 있었다.

미르넬이 대답했다.

"나도 1세대 용마족을 많이 본 것은 아니지만, 어르신들께서 말씀하시기로는 초창기에는 다들 용의 성품을 강하게 물려받은 맹수와 같다고 해. 그래서 닥치는 대로 싸움을 걸다가 죽은 자도 있었지."

"흠……."

그건 또 몰랐던 사실이었다.

미르넬이 말을 이었다.

"어쨌든 적어도 지금의 그분은 그런 성품이 아니시니 염려할 필요 없어. 아이들에게도 인기가 많은 분이지. 스승으로서는 괴물처럼 엄격하시지만……."

"당신도 그에게 배웠나?"

"그랬지. 지금이야 용혼을 터득한 사람이 많지만 초창기에는 거의 없었으니까."

"당신 남편도 그랬고?"

"아니, 그이는 내 첫 번째 제자야."

"……."

"스승과 제자의 사랑, 제법 낭만적이지 않아? 처음에 만났을 때만 해도……."

미르넬은 이런 기회를 기다렸다는 듯 신이 나서 하반과의 연애사를 이야기해 주었다. 본인이 자랑하는 연애사가 다 그렇듯 다른 사람들이 듣기에는 참 닭살 돋고 눈꼴 시린 내용으로 가득 찬 이야기였다.

하지만 들으면 들을수록 실감하게 된다. 외부인들에게는 마경이라 불리는 이곳도 사람 사는 곳이라는 것을.

적당히 맞장구치면서 듣던 아젤이 물었다.

"여기 혼인 제도는 인간들과 같은 건가?"

"그렇지 않을까? 아, 그런데 이혼이 빈번하다는 점은 다를지도? 사이베인 공이 그 점을 짚던데."

아발탄 숲에서는 용마족과 인간이 맺어지는 것도, 용마족과 용마인이 맺어지는 것도, 용마인과 인간이 맺어지는 것도 이상하게 보지 않는다. 서로 수명이 다른 종족끼리 어울려 살다 보니 나이 차가 백 년이 넘는 연인도 흔하다.

서로 사귀어 보고, 부부지연을 맺은 후에도 맞지 않는다 싶으면 미련 없이 갈라선다. 이런 분위기는 외부인들이 보기에는 이상하겠지만 이곳에서는 당연하다.

한쪽은 300년 이상을 살고 한쪽은 100년도 못 사는 이들이 부부가 된다면, 이 둘이 끝까지 함께할 확률은 굉장히 낮을 수밖에 없다.

그래서일까? 이들은 혼인한다 해도 서로 생의 끝까지 함께 해야 한다는 의식이 희박하다.

또한 이들의 혼인은 바깥과는 시작부터가 다르다.

"아닌 경우도 있기는 하지만, 보통은 아이를 가지면 그때 야 혼인해."

"그럼 당신도 애가 있나?"

"아까 당신들이 본 아이들 중에 우리 아들도 있지."

미르넬이 장난스럽게 웃었다. 그 얼굴을 보며 아젤은 생각 했다.

'아무리 봐도 애 엄마로는 안 보이는데……'

용마족이라 그런 건지, 아니면 여기 분위기가 독특해서 그 런 건지 애 딸린 유부녀라는 느낌이 전혀 안 든다.

어쨌든 이들은 혼인을 아이가 생겼을 경우 부모가 아이를 책임지겠다는 결의의 표현으로 본다. 그렇기에 아이가 무사 히 성인이 되고 나면 그 후에는 부부관계를 유지하든, 서로 안 맞는다고 판단해서 이혼을 하든 당사자들이 결정하기 나 름이다.

외부인인 아젤 일행에게는 참 낯설게 다가오는 문화였다. 그래도 다들 유연하게 받아들인다.

아젤이야 용마전쟁 때 세상 곳곳에서 온갖 삶의 형태를 보 았고, 레티시아는 사회의 테두리 안에서 살아간 적이 없으며, 카이렌도 대륙 곳곳을 돌면서 많은 일을 경험했기 때문이다.

그렇게 이야기를 나누던 일행은 해가 지기 전에 목적지에 도달할 수 있었다.

"바다 내음이 나는군."

불어오는 바람에 비릿한 바다의 냄새가 묻어 있었다. 조금씩 파도 소리도 들려온다.

바다에는 깎아지른 벼랑으로 우뚝 서 있는 산이 일행의 목적지였다. 그곳에 오르자 나무로 지은 오두막이 보인다. 그리고……

"오느라 고생했어."

한 용마족 남자가 반갑게 인사했다.

"오랜만에 뵙습니다, 스승님."

미르넬은 정중히 인사했지만 아젤은 그럴 수 없었다.

겉모습으로 보면 20대 중후반 정도로 보이는 용마족 청년이었다. 눈동자와 용마석은 녹색이었고 귀 위쪽으로는 산양의 그것을 닮은, 아주 옅은 푸른빛이 도는 회백색의 뿔이 솟아나 있다. 얼굴은 선량하고 긴장감 없는 인상이었고 차림새는 아무런 무장도 없이 헐렁해 보였다.

하지만 단 하나, 굉장히 눈에 띄는 요소가 있었다.

인간에게서는 결코 찾아볼 수 없는 청백색의 머리칼이었다.

아젤은 이런 색의 머리칼을 지닌 사람을 단 한 명만 알고 있었다.

"아발탄의 태도로 봐서 어쩌면 그럴지도 모른다고는 생각했지만… 너였군, 레슈."

자신의 네 번째 스승이자 1세대 용마족인 레슈였다.

부스스한 청백색 머리칼을 지닌 용마족 청년, 레슈가 아젤이 기억하는 것과는 너무나도 다른 부드러운 웃음을 지으며 말했다.

"오랜만이다, 아젤."

魔龍
展劍

1

대륙의 정세는 급속도로 최악을 향해 치닫고 있었다.

비제스 왕국과 이에로스 왕국이 결국 전쟁을 시작했다. 국경에서 양군이 맞붙은 결과 이에로스 왕국이 승리를 거두고 비제스 왕국령으로 치고 들어갔다. 비제스 왕국군이 반격하면서 양국의 싸움은 계속해서 격화되어 갔다.

유더스크 왕국과 가란 왕국의 전쟁은 일진일퇴의 상황이었다. 국경에서 사상자가 늘어가는 가운데, 유더스크 왕국 후방에서 노예들이 봉기하며 혼란이 번져가기 시작했다.

다이란 왕국은 국왕이 독살당한 이후, 원만한 상황 수습을 위해 제1왕자를 지지하는 두 명의 왕위계승자가 잇달아 암살당했다. 제1왕자는 격노하여 자신과 경쟁하는 혈족들을 비난했고, 결국 내전이 발발했다.

　루레인 왕국과 라로스 왕국 사이에 전쟁이 발발했다.

　그리고… 루레인 왕국의 서부 국경에서 벌어지는 제2차 어둠의 대동맹 전투는 용마공주 아리에타가 참전한 지 보름이 지난 시점까지도 끝나지 않았다.

　아리에타는 전투의 소음 속에서 눈을 떴다.

　소음이 그녀의 잠을 깨운 원인은 아니다. 저 소음은 어젯밤부터 계속되고 있었다.

　앞장서서 성벽을 사수하기 위해 싸우던 그녀는 휴식을 취한 병력과 교대해서 잠시 수면을 취하게 되었다. 한창 전투가 벌어지는데 휴식을 취한다니, 미친 짓처럼 보이지만 전투가 장기화되는 상황에서는 그 또한 전사가 갖춰야 할 덕목이었다.

　용령기의 비술을 이용, 스스로를 깊이 잠재워 놓았던 그녀가 누군가 깨우러 오지 않았는데도 깨어난 이유는 간단하다.

　카아아아아……!

　용의 울부짖음이 들려오고 있었다.

　그 사실을 깨달은 아리에타가 신음처럼 중얼거렸다.

　"또 용을 동원하다니… 이 숲에 이렇게나 용이 많았는가?"

　발란 숲에서 적들이 동원한 용이 벌써 세 마리째다.

　지룡이 아젤과 용살의 의식을 치른 끝에 죽었다.

수룡이 제2차 어둠의 대동맹이 나타나기 직전, 요새를 공격하다가 죽었다.

그리고 지금, 또 다른 용이 나타났다.

아리에타는 급히 밖으로 나섰다. 옆방에서 자고 있던 자일도 그녀의 뒤를 따랐다.

자일이 말했다.

"파이칸이 죽었는데도 기세가 안 죽는다 싶더니… 용을 비밀병기로 숨겨두고 있어서였을까요?"

"글쎄."

제2차 어둠의 대동맹의 주축이 된 변종 오크 파이칸은 아리에타가 쓰러뜨렸다.

하지만 적들은 또 다른 구심점을 갖고 있었다. 파이칸의 휘하에서 부관 노릇을 하고 있는 가칸이라는 또 다른 변종 오크가 있었던 것이다.

쿠과과광……!

두 사람이 성벽에 도달하기도 전에 그 일부가 용의 공격으로 부서지면서 그 너머의 광경이 드러났다.

원래부터 성벽은 수룡과 격전을 치르면서 너덜너덜해져 있었다. 보수할 새도 없이 제2차 어둠의 대동맹과 맞서서 싸웠으니 또 다른 용을 감당할 여력은 남지 않았다.

아리에타는 무너지는 잔해를 딛고 위로 올라갔다.

후우우우우……!

숨도 쉴 수 없을 정도로 강하게 휘몰아치는 광풍의 중심에 거대한 용이 있었다.

검록색의 비늘을 가진 용이 무시무시한 눈으로 성벽을 올려다본다. 한 번도 본 적 없는 종류의 용이었지만 아리에타는 보는 순간 알 수 있었다.

'폭풍용……!'

바람의 힘을 자유자재로 다루는 폭풍용이다.

서부 국경요새 입장에서는 수룡보다 더 상대하기 어려운 용이다. 수룡이 비가 오거나 주변에 물이 있을 때 최고의 힘을 발휘하는 데 비해 폭풍용은 그런 제약이 없으니까.

서부 국경수비대는 너덜너덜해진 시설들에 의존해서 폭풍용을 막고 있었다. 성벽에 설치된 강노(強弩)가 발사되고 성 안쪽에서 투석기를 발사한다. 마법사들이 마법을 쏘아대는 가운데 기사들도 창을 던지거나 갈고리 사슬을 던져서 용을 묶어두고자 했다.

아리에타가 물었다.

"세이가는?"

"적들의 별동대를 상대하고 계시다고 합니다."

용을 앞세운 이상, 적들은 성벽을 직접 공격하지 못한다. 용이 적과 아군을 섬세하게 구분해 줄 리가 없으니까.

하지만 이번에는 용에게 모든 것을 맡기지는 않기로 한 모양이다. 변종 오크 가칸이 소수의 별동대를 이끌고 험난한 지형을 통해 성벽을 우회했다.

최악의 상황이다.

아리에타는 잠시 눈을 감고 생각에 잠겼다. 그리고 곧 결단을 내렸다.

"자일 경."

"네."

"가서 동생을 도와다오."

"네?"

"그리고 이곳에 있는 병력을 모두 별동대를 상대하는 곳으로 돌려라. 필요 없어질 테니."

"무슨 말씀이십니까?"

아리에타는 설명하지 않았다. 그녀는 심호흡을 한 번 한 다음 말했다.

"폭풍을 다스리는 용이여."

마력에 의해 증폭된 그 목소리는 울려 퍼지는 바람 소리를 꿰뚫고 그 귀에 닿았다.

"나는 루레인 왕국의 용마공주 아리에타다."

거기까지 들은 자일은 아리에타의 의도를 깨달았다. 그가 다급한 어조로 아리에타를 말리려고 했다.

"공주님! 안 됩니다!"

"그대에게 용살(龍殺)의 의식을 청하노라."

하지만 한발 늦었다. 아리에타는 돌이킬 수 없는 선택을 고

했다.

휘몰아치던 광풍이 거짓말처럼 멎으면서 정적이 내려앉았다. 필사적으로 폭풍용을 공격하던 이들이 다들 어리둥절해하며 손을 멈췄다.

잠시 후, 용이 정적을 깨고 고개를 끄덕이는 것으로 용살의 의식이 성립되었다.

아리에타가 말했다.

"모두 들어라! 용에 대한 공격을 멈추고 물러나라! 반복한다! 용에 대한 공격을 멈추고 물러나라! 이후부터 저 용을 공격하는 일은 더 큰 재앙을 부를 것이다!"

그렇게 말한 아리에타가 폭풍용에게 말했다.

"이 의식의 의미를 모르는 자가 많으니 먼 곳으로 장소를 옮길 것을 요구한다. 들어주겠나?"

용에게 이런 말을 하다니 스스로도 자신의 행동을 믿기 어려웠다. 하지만 동시에 자신의 의사가 전해질 거라는 확신이 있었다.

곧 폭풍용이 고개를 끄덕였다. 물러나는 폭풍용을 따라서 몸을 날리려는 아리에타에게 자일이 말했다.

"공주님!"

"내가 말한 대로 행하라, 자일 경."

"공주님은… 바보입니다."

"무엄한지고. 하지만 부정할 수 없군. 아마 어디의 누구한테 너무 큰 영향을 받은 모양이야."

"……."

아리에타는 아젤이 자신을 살리고자 지룡에게 용살의 의식을 청했던 순간을 떠올리고 있었다. 그에게 가르침 받으면서 언젠가 자신도 용살의 의식에 도전할 날이 있을지도 모르겠다고 생각했지만… 설마 그게 지금이 될 줄이야.

"그때의 그도 이런 기분이었는지 궁금하군. 무운을 빌어주도록."

아리에타는 눈부시게 웃고는 몸을 날렸다. 자일은 휘날리는 그녀의 백발이 멀어져 가는 동안 참담한 표정으로 서 있었다.

그리고… 요새에서 충분히 떨어진 지점에서 용의 포효가 울려 퍼졌다.

2

레티시아는 그와 처음 만났을 때의 일을 영원히 잊지 못할 것이다.

알마릭 일족에게서 실패자로 낙인찍히고 흑마법 연구기관으로 보내져서 실험체가 된 그녀는 하루하루가 지옥 같았다. 그 지옥의 끝에서 신의 기적인지, 아니면 악마의 저주인지 알 수 없는 행운을 얻어 탈출할 수 있었지만… 그것도 순탄하지는 않았다.

어둠의 설원은 그녀를 쉽게 놓아주지 않았다. 집요하게 쫓아오는 추적자들과 수도 없이 싸워야 했다.

그녀는 막강한 힘으로 적들을 격퇴했지만 점점 상처 입고 지쳐갔다. 그러다가 결국 한계에 달해서 추적자들 앞에서 쓰러지고 말았다.

쏴아아아아…….

비가 내리는 날이었다.

추적자들은 레티시아를 상대로 전력의 절반 이상을 잃었다. 그들은 증오로 이를 갈면서도 그녀를 그 자리에서 죽이지는 않았다.

"젠장. 꼭 살려서 데려가야만 하나?"

"귀중한 실험체니까 꼭 목숨을 붙여오라는군. 입은 막아놨지만 혹시 다른 방법으로 자결할지도 모르니 주의해."

"어차피 죽는 것만 못한 꼴을 당하게 될 테니까 기분 풀어."

구속당해 재갈이 물려진 레티시아는 그들의 대화를 들으며 절망하고 있었다.

그때 그들 사이로 한 사람이 나타났다.

"산사태가 일어났나 싶어서 올라와 봤더니만… 무슨 짓을 하고 있는 거지?"

후에 그녀의 스승이 된 용마족 청년, 지셀이었다.

부스스한 검은 머리칼을 지닌 그는 인근 마을에 살고 있다가 천둥벼락이 치는 듯한 폭음과 산의 일부가 붕괴하는 굉음을 들었다. 그래서 이곳에서 산사태가 벌어졌다 여기고, 마을에 영향을 끼치지 않을까 걱정하는 마음에 올라왔다가 이들을 발견한 것이다.

"용마족인가? 곤란하군. 순순히 물러난다면 손을 쓰지 않겠다."

용마왕 숭배자들은 설령 용마족이라고 하더라도 자기들에게 속하지 않은 이에게는 관대하지 않다. 그런데도 그에게 싸움을 피할 기회를 준 것은 만만치 않은 상대로 보였기 때문이었으리라.

용마족 청년은 그 기회를 걷어찼다.

"왠지 그냥 지나칠 수 없는 상황으로 보이는데?"

"쓸데없는 호기심은 명을 재촉하지. 다시 한 번 경고한다. 당신이 관여할 일이 아니다. 순순히 물러난다면 손을 쓰지 않겠다."

"그렇게 말하는 걸 들으니… 죽어도 물러나기 싫어진다만?"

청년은 조금도 겁먹지 않고 빙긋 웃었다. 어둠의 설원에서 나온 정예병들은 어쩔 수 없다는 듯 그를 공격했고…….

"위험한 녀석들이군. 어둠의 설원에서 나온 것 같은데… 왜 이놈들은 하나같이 비밀 좀 지키겠다고 사람 죽이는 걸 아

무렇지도 않게 생각하는 거야?'

채 5분도 안 되어서 몰살당했다.

레티시아는 직접 눈으로 보고도 믿을 수가 없었다.

'강하다.'

이번 추적자들 중에는 대륙 각지에 배치된 말단 조직원만이 아니라 어둠의 설원에서 파견 나온 정예들도 섞여 있었다. 그런데도 청년의 머리털 하나 상하게 하지 못하고 전멸하다니.

"괜찮아? 무슨 일로 쫓겼는지는 모르겠지만 저놈들 일이니 별로 아가씨가 잘못을 저질렀을 것 같지는 않군. 일단 내 거처로 가지."

"당신은……."

"아, 내 소개를 하는 걸 잊었군. 난 지셀이라고 해. 아가씨는?"

"…레티시아."

그것이 레티시아와 지셀의 첫 만남이었다.

지셀은 레티시아를 자신의 거처로 데려가서 치료해 주었다. 그가 무슨 수를 쓴 것인지 그날 이후로는 추적의 손길이 없었다. 지금 와서 생각해 보면 흔적을 조작해서 다른 곳으로 눈길이 향하게 했으리라.

레티시아가 그에게 마음을 열기까지는 오랜 시간이 걸리

지 않았다.

그녀의 삶은 시작부터 망가져 있었다. 뛰어난 도구가 되기 위해 태어났으며, 결함품으로 낙인찍혀서 인세의 지옥을 뒹구는 실험체 신세가 되었다. 그런 그녀가 정상적인 인성을 가졌다면 그게 더 이상한 일이리라.

지셀은 처음으로 그녀를 사람답게 대해준 인물이었다.

인격체로서 대해주는 것은 물론이고 사람으로서 살기 위해 알아야 할 것들을 가르쳤다. 그와 함께 지내는 동안 레티시아는 타인을 보고 웃을 수 있게 되었고 시시한 농담도 할 수 있게 되었다.

"오늘로 졸업이야, 레티시아. 이제는 혼자도 잘할 수 있을 거야."

그렇게 2년이 지났을 때, 지셀은 그녀를 독립시켰다.

갑작스럽지는 않았다. 지셀은 처음부터 자신이 그곳에 오래 머물 수 없는 처지임을, 언젠가는 떠나야 한다는 사실을 이야기해 왔다. 2년이나 더 머무른 것도 레티시아 때문이었으리라.

레티시아는 자신을 두고 떠나려는 지셀이 야속하기도 했지만 순순히 이별을 받아들였다.

지셀을 사랑하지 않았기 때문이 아니다. 그와 함께 지내면서 사람다워지는 자신을 발견하면서도, 동시에 마음 한편에 자리 잡은 불같은 분노와 증오를 잊을 수 없었기 때문이다.

그녀는 앞으로 일생에 걸쳐 용마왕 숭배자들과 싸울 것이다. 그렇게 사는 것이 바람직하지 않다는 것을 알면서도 그녀는 자신의 영혼에 아로새겨진 감정을 포기할 수 없었다.

"이건 별로 근거 없는 이야기지만……."

지셀은 멋쩍게 웃으며 말했다.

"나는 또 살아서 너와 만날 거라는 예감이 들어, 레티시아."

…그 예감은 7년의 세월이 흐른 후에 실현되었다. 전혀 뜻밖의 형태로.

3

"지셀……."

레티시아는 아연해하며 눈앞의 용마족 청년을 바라보았다.

그가 아는 스승의 얼굴이 거기에 있었다. 하지만 동시에 전혀 모르는 인물 같기도 했다. 왜냐하면…….

"…염색을 해도 왜 그런 이상한 색으로 한 거지?"

그녀의 스승은 어디에 가도 사람들의 이목을 집중시킬 것 같은 청백색 머리칼의 소유자가 아니었기 때문이다.

그것만 제외하면 그녀가 기억하는 것과 별로 달라진 게 없었다. 이미 성년이 된 용마족에게 있어서 7년은 외모의 성장이나 노화가 두드러질 정도로 긴 시간이 아니니 당연했다.

지셀이 피식 웃었다.

"넌 여전하구나, 레티시아. 이건 염색한 게 아니라 내 원래 머리색이야. 검은색 쪽이 염색한 거였지."

두 사람의 대화를 들은 아젤이 놀라서 물었다.

"레티시아의 스승이라는 지셀이 레슈 너였어?"

"맞아."

"왠지 그럴지도 모른다는 생각이 들기도 했지만… 머리색도 다르고 용마력도 그렇게까지 크지 않다고 해서 아닌가 보다 했는데."

"그야 내 머리색은 바깥에 나가면 너무 눈에 띄잖아. 그래서 까맣게 물들이고 다녔지. 용마력을 감추는 거야 별로 어려운 일이 아니고."

"…그게 쉽다고? 다른 사람도 아니고 너한테?"

아젤이 퍽 이상한 소리를 들었다는 표정을 지었다. 지셀, 아니, 레슈가 웃었다.

"그게 벌써 220년도 더 지난 일이거든? 어떻게 그때랑 똑같을 수가 있겠어?"

"하긴 많이 달라지긴 했네. 일단 많이 늙었어."

"보통은 많이 자랐다고 하지 않나? 난 아직 늙었다는 말과는 거리가 먼데."

레슈가 투덜거렸다.

아젤이 기억하는 레슈의 외모는 10대 중후반의 소년이었다. 그에 비해 지금은 20대 중반 정도의 청년으로 보였다.

'그때는 진짜 세상 무서운 줄 모르고 까부는 건방진 꼬맹이 같았는데……'

물론 당시에도 좀 많이 무시무시한 힘의 소유자였지만, 겉으로 보기에는 그랬다는 것이다.

지금의 레슈는 그저 자라기만 한 게 아니라 인상 자체가 많이 변했다. 날카롭던 눈매도 좀 유순해져서 차분하고 편안한 느낌이었고 맹수의 살기처럼 흉포하게 쏟아내던 용마력도 아주 고요하게 가라앉아 있는 느낌이다. 레티시아가 그의 용마력이 어마어마하다는 사실을 알아차리지 못한 것도 이해가 간다.

'무서워졌군, 레슈.'

그 점이 오싹하다. 용과 마족이 합일하여 부모 없이 대지를 걷는 그 순간부터 먹이사슬의 최정점에 올라 있던 마수가, 자신의 힘을 이성적으로 제어할 수 있는 기술을 손에 넣었다는 의미가 아닌가?

심지어 그는 용마기가 탄생한 이래로 수천 년 만에 새로운 가능성인 용혼을 개발해 내기까지 했다.

어쩌면 지금의 레슈는 용마기들을 되찾은 아젤보다도 강할지도 모른다.

레슈가 아젤과 레티시아를 빤히 바라보다가 말했다.

"언젠가 다시 볼 거라고 생각하기는 했지만… 정말 놀랍기는 하군. 레티시아를 다시 만난 거야 반가운 우연이지만 아젤 너는 내가 꿈을 꾸고 있는 게 아닌가 의심스러운걸?"

"내가 잠에 빠져들었다는 걸 알고 있었나?"

"알고 있었지. 아발탄 님도 알고 계시지 않았어?"

"그랬지."

"서로 할 이야기가 많을 것 같은데… 그전에 일단 해야 할 일이 있어."

"뭔데?"

"집을 지어야 해."

"……"

다들 할 말을 잊었다. 레슈가 어깨를 으쓱했다.

"나한테 용혼을 가르치라고 하던데, 그게 하루 이틀에 되는 일은 아니거든? 내 오두막에서 네 명을 다 재우는 건 무리야."

"별로 안 멀던데 그냥 여기까지 매일 왕복해도 되잖아?"

"체력단련 겸해서 그러는 것도 나쁘지는 않은데… 무리야. 훈련하다 보면 돌아갈 수 없는 상태가 되는 날도 꽤 있을 테니까."

밝게 웃으면서 말하고 있지만 훈련 내용이 아주 살벌할 것임을 짐작케 해주는 이야기였다.

"왕복할 수 있는 날은 왕복해도 좋겠지만, 일단은 임시 거처라도 뚝딱 지어놓자고. 이야기는 집 지으면서 하자."

"집 지을 줄은 알고?"

"이 오두막도 내가 지은 거야. 바깥 돌아다니면서 목수 일도 배웠지."

"너랑 목수 일이라니 굉장히 안 어울리는데……."

지금의 레슈는 아젤이 알던 것과는 너무 달라서 낯설었다. 그가 잠들어 있는 동안 대체 어떤 삶을 살아온 것일까?

레슈가 웃으며 말했다.

"아젤, 네가 해준 말이 지금의 나를 만들었어."

"무슨 말?"

"기억 못하다니 서운한데. 넌 내게 인간을 알라고 했지."

"아……."

그제야 아젤도 예전의 일을 떠올렸다.

아테인에게 패배해서 사경을 헤맸던 레슈는 아젤처럼 강해지려면 어떻게 해야 되냐고 물었다. 그때 아젤은 인간을 알라고 했었는데… 그 말을 지금까지 잊지 않았을 줄이야.

레슈가 아련한 눈으로 말했다.

"네 말을 따라서 인간에게 다가가서 그들을 알고, 이해하는 동안… 나는 그들을 사랑하게 되었어. 그들은 너무나도 작고 연약하고 안타까워서 사랑하지 않을 수 없는 존재들이었지."

레슈는 가슴에 손을 얹으며 감회에 빠졌다. 그런 그를 보면서 아젤은 자신이 기억하는 그와 레티시아가 말한 지셀의 존재를 겹쳐 보았다.

지셀은 자신이 아는 레슈라고는 생각할 수 없는 존재였다. 그런데 그것이 레슈가 자신의 말을 따라서 인간에게 다가가서 변화한 결과였단 말인가?

"네가 돌아오기까지 긴 시간이 흘렀지. 나는 그동안 인간들 사이를 거닐었어. 때로는 용마족으로서, 때로는 인간으로 위장한 채로 살면서… 인간을 지키고 보살피고 사랑하고 싸우고 죽였지."

모순되는 일들이 섞여 있었다. 하지만 아젤은 그가 무슨 의미로 그런 말을 하는지 알 것 같았다.

인간을 사랑하기는 어렵고 미워하기는 쉽다. 인간에게서 사랑할 만한 가치를 찾아냈다면 증오할 만한 이유를 찾아내는 것도 쉬웠을 것이다.

인간도 인간을 죽이는데 용마족인 그가 사랑하고 보살필 인간과 증오하고 살해할 인간을 나누는 게 이상한 일이겠는가?

레슈가 말을 이었다.

"행복하고 즐거운 경험을 많이 했어. 하지만 그만큼 가슴 아픈 일도 많이 겪었지 아파하면 안 되는 사람들이 아파하고 죽어서는 안 되는 사람들이 죽더라. 인간의 손에 의해서……."

200년을 넘게 세상을 떠도는 동안 도대체 얼마나 많은 비극을 보았을까?

용마전쟁이 끝난 후에도 세상에는 비극이 넘쳤다. 용마왕군이라는 절대적인 위협이 사라졌다 해서 모든 사람이 행복하게 살 수 있을 리가 없지 않은가?

그래도 아젤은 짧게나마 평온을 누렸다. 아테인의 저주로 죽어가면서도 자신이 가치 있는 싸움에 목숨을 걸었음을, 그로 인해서 많은 사람이 행복해졌음을 자신이 다스리는 카르 자크 후작령에서 실감할 수 있었다.

하지만 레슈는 아젤이 보지 못한 수많은 어둠을 보았으리라. 전쟁이 끝나는 것만으로는 해소되지 않는 인간 스스로가 빚어내는 어둠을.

"용혼도 그런 경험이 있었기에 태어난 거야. 네게는 조금이나마 보답이 되겠군."

"보답이라니. 네게 그런 말을 들을 줄은 몰랐어."

"세상이 변하지 않고 똑같다면 살아가는 재미가 있을까? 우리는 서로의 내일을 모르기 때문에 열심히 살아가는 거야."

레슈는 그렇게 말하며 웃었다.

그 웃음을 보면서 아젤은 새삼 오랜 시간이 흘렀음을 깨달았다. 순진한 야성의 짐승 같던 1세대 용마족이 완숙한 어른이 될 정도로 오랜 시간이⋯⋯.

4

레티시아는 금세 충격을 다스리고 차분해졌다. 그녀는 어떤 일이 닥쳐도 눈앞의 현실에 집중하는 일에 익숙했다. 그것은 지옥의 밑바닥에서 고통받아 본 경험 때문일 것이다.

"지셀⋯ 아니, 레슈라고 부르는 편이 좋은가?"

"어느 쪽이든 상관없어. 난 이런 이름 저런 이름으로 불리는 것에 익숙하니까."

"지셀 말고도 세상을
군."

"너도 그렇지 않아?"

"그래, 하지만 굳이 진짜

"레슈야."

"그럼 레슈라고 부르지.
띄는 머리통을 하고 있지 않

"이 머리색이 마음에 안
머리색인데……."

"예쁜가 추한가의 문제가 아니라……."

레티시아가 눈살을 찌푸렸다.

"옛 추억을 만났는데 머리색만 파격적으로 달라져 있는 꼬
라지를 보자니 묘하게 불쾌해."

"으음. 불편하면 검은색으로 물들일까?"

"됐어. 보다 보면 익숙해지겠지."

"그런 점은 여전하네. 그동안 어떻게 지냈어? 설마 아젤하
고 같이 올 줄은 몰라서 깜짝 놀랐어."

"용마왕 숭배자 놈들을 족치다가 만났지. 그러니까……."

레티시아는 그와 헤어진 후 있었던 7년간의 일을 이야기
했다.

별로 이야기할 거리가 많지는 않았다. 유렌을 만나기 전까

은 대륙 곳곳을 돌아다니면서 용마왕 숭배자
나, 가끔 수호그림자에게 용마왕 숭배자로 오인
쫓기거나, 싸움 중에 입은 부상을 치료하느라 몸을 숨
고 요양하거나, 가끔 훈련 기간을 갖거나… 정말로 삭막하
기 짝이 없는 삶이었기 때문이다.

그래서 기간은 짧지만 유렌을 만나고 아젤과 카이렌, 라우
라를 만나서 동료가 된 일들이 훨씬 이야깃거리가 많았다. 그
녀의 이야기를 들은 레슈가 부드럽게 미소 지었다.

"좋은 동료들을 만났구나, 레티시아."

"음……."

레티시아가 어색한 표정을 지었다.

'좋은 동료라…….'

레슈에게서 독립해서 용마왕 숭배자들과 싸우기 시작한
후로 오랫동안 혼자였다. 가끔 누군가와 함께 싸우는 일도 없
지는 않았지만 그들과 동료가 되는 일은 없었다.

그러다 보니 누군가와 동료라는 사실이 낯설다. 그들에게
마음을 열고 함께하고 있지만 그럼에도 종종 그 사실이 꿈결
처럼 아득하게 느껴지는 때가 있었다.

레슈가 물었다.

"실력도 좀 좋아진 것 같은데? 다친 몸인데도 용마력이 차
분하게 갈무리되어 있어. 아젤이 이것저것 가르쳐 줬어?"

"배운 게 없지는 않지."

"아젤은 예전부터 사람 가르치는 재주가 있었지. 자기는 뭐든지 되게 쉽게 익히는 주제에 그걸 이론적으로 풀어서 설명해 주는 재주가 있었어."

"서로의 스승이었다면서?"

"그랬지. 그런데 단순히 배운 걸로 치면 내 쪽이 훨씬 많이 배웠어. 사실 그때의 나는 누구한테 뭘 가르칠 만한 사람이 아니었거든."

레슈가 쓴웃음을 지었다. 아젤과 서로의 스승 노릇을 했던 당시에는 정말 한 마리 짐승 같았다. 아젤에게 용의 힘을 쓰는 법을 가르쳐 주기는 했지만 그걸 제대로 된 가르침이었다고 보기는 어렵다.

레티시아가 놀랐다.

"상상이 안 가는군. 난 당신만큼 끈기 있게 누군가를 가르치는 사람을 본 적이 없어."

상대방의 학습 능력이 좋든 나쁘든 차분하고 끈기 있게 가르치는 것이야말로 교사에게 있어서 가장 중요한 자질일 것이다. 레티시아가 본 레슈는 그런 자질이 탁월했다. 레티시아를 가르칠 때도 그랬지만 마을 아이들에게 뭔가를 가르쳐 줄 때도 알아들을 때까지 전혀 짜증 내거나 싫증 내지 않고 끈기 있게 가르쳐 주었다.

레슈가 부끄러운 듯 웃었다.

"그것도 아젤에게 배운 거지. 나는 좋은 스승도 아니었지만 좋은 제자도 아니었거든. 대지를 걷기 시작한 그 순간부터 강했고, 그냥 이렇게 하고 싶어 하면 이렇게 되고 저렇게 하고 싶어 하면 저렇게 되다 보니 이론적인 공부를 하는 것 자체를 굉장히 싫어했어. 당연히 내가 아는 것을 누군가에게 설명하는 일도 잘 못했지."

지금 생각해 보면 당시의 자신은 이게 뭔 소린가 싶은 말들만 잔뜩 했었다.

날개를 가진 새에게 날개 없는 존재가 다가와서 어떻게 하면 하늘을 날 수 있냐고 묻는다면 뭐라고 대답해야 할까?

상대에게는 없는 감각적인 개념만 토해내니 당연히 알아먹지 못할 소리가 된다. 그런데도 아젤은 마치 쓰레기더미에서 보물을 찾듯이 그것들을 하나하나 주워 모아서 의미 있는 말을 완성했었다.

"내가 본능적으로 알고 있지만 누군가에게… 아니, 나 자신에게조차도 제대로 설명할 수 없는 것을 명확한 설명으로 만들어내는 것을 보고는 그때의 나조차도 감탄하고 말았지."

"짐승 같은 놈을 사람 만들어줬다 이건가?"

"맞아. 정확히는 사람이 되고 싶어 하게 만들었다고 해야겠지만."

그때의 레슈는 현재의 자신에게 만족하고 있었다. 자신은 강자로 태어났으며 원하는 것은 쉽게 가질 수 있었으니까.

그러나 약하게 태어났으면서도 강하게 태어난 자를 능가하여 더 높은 곳으로 가고 있는 아젤을 만났을 때, 스스로의 부족함을 깨닫고 더 뛰어난 존재가 되고 싶다는 갈망이 생겨났다.

"더 강해지고 싶다고 생각한 것은 아테인에게 패했을 때부터였어. 하지만 더 나은 존재가 되고 싶다고 생각한 것은… 역시 아젤 덕분이었지."

그런 레슈에게 아젤은 많은 것을 가르쳐 주고 평생의 지침이 될 말을 선물해 주었다.

"인간을 알라. 레티시아 너와 만난 것도 그 말을 들었기 때문이야."

"200년도 넘는 시간 동안이나 그 말에 따라서 인간들 사이를 거닌 건가?"

"처음 동기는 그거였지만… 이제는 그냥 내 삶의 방식이라고 할 수 있겠지. 내게도 꽤 긴 시간이었어. 그런데 지나고 보면 눈 깜짝할 새 같더라."

얼마 시간이 지난 것 같지도 않은데, 태어난 지 얼마 안 됐을 때 꼼지락거리는 것을 신기해하며 바라봤던 아이가 자라서 걸음마를 하고, 자신에게 귀찮게 말을 걸고, 웃고 울며 쑥쑥 커졌다.

"그런 과정은 아무리 봐도 경이롭더라. 많이 봤으니 지겨울 때도 된 것 같은데, 역시 내가 누군가에게서 태어나고 보살핌 받으면서 자라나는 경험을 못해봐서 그럴까?"

"…아니, 보통 자기가 태어났을 때 어땠는지는 모르는 게 정상이지. 아기일 때도 그렇고."

"그래도 최초의 경험은 본능에 각인되게 마련이야. 머리로 떠올릴 수 없다고 하더라도 영혼 어딘가에서 굴러다니고 있지. 내게는 없고 인간··· 정확히는 다른 용마족이나 용마인까지 포함한 그들에게는 있는 것은 그런 부분이 아닐까 싶어."

"그건 아마도 1세대 용마족만이 갖는 감각이겠군."

"아, 당연히 안다고 생각하고 이야기하고 있었네. 아젤에게 듣기는 했지?"

"들었지. 1세대 용마족이고 아젤이 아는 한 가장 큰 용마력의 소유자라고 하던데··· 생각해 보니 여러 모로 속은 기분이야."

"딱히 속일 생각은 아니었는데."

"상관없어. 예전에도 네가 나한테 모든 걸 다 시시콜콜하게 털어놨다고 생각한 것은 아니었으니까. 네가 누구든 간에 내가 너한테 목숨을 빚졌고 많은 것을 배웠다는 사실이 변하진 않아."

"그렇게 말하니 고맙기도 하고 부끄럽기도 하고······."

레슈가 어색하게 웃으면서 볼을 긁적였다. 그 모습을 가만히 바라보던 레티시아가 물었다.

"하지만 같은 1세대 용마족이라고 해도 정말 천차만별이군. 레이거스와 알마릭도 그랬지만······."

"아, 그 둘을 만났다고 했었지. 어땠어?"

"레이거스는 완전히 미친 바보 전투광이었고, 알마릭은…
음. 살 만큼 산 노인네 같았지만 정말 끔찍할 정도로 강하더
군. 아젤이 쓰러진 후에 우리 넷이 덤볐는데 손도 못 써보고
당했으니까."

"음? 좀 더 자세히 들려줄 수 있어?"

의아해하는 레슈에게 레티시아는 자신이 겪었던 일들을
이야기해 주었다. 다 들은 레슈가 고개를 갸우뚱했다.

"아젤에게 듣기로는 알마릭 그놈 그런 성격이 아니었던 걸
로 아는데……."

"아젤도 자기가 알던 것과는 성격이 판이하게 달라졌다고
했지."

"나야 잘 모르는 놈들이지만, 아젤이 그렇게 이야기했다면
맞겠지."

"아테인하고 싸웠다고 들었는데 그들을 모르는 건가?"

"아테인이 나와 싸웠을 때는 이 숲에서였고… 그때는 아
운소르만 데리고 왔었거든. 내가 숲에서 나가서 세상을 떠돌
게 된 것은 용마전쟁이 끝난 후니까, 다른 녀석들하고는 면
식이 없지."

"아, 그랬군."

"아테인은… 꽤 재미있는 녀석이었어."

"음?"

레티시아가 눈살을 찌푸렸다. 레슈가 말을 이었다.

"생각하는 방식이 아주 엉뚱했지."

"엉뚱하다니?"

"보통 어떤 문제를 만나면 문제를 해결하거나 피해가거나 둘 중 하나를 선택하겠지?"

"그렇지."

"근데 아테인은 그렇지 않아. 문제를 현재 자신이 지닌 능력으로 해결하고 끝내는 게 아니라… 그 앞에 주저앉아서 문제를 해결할 수 있는 방법 자체를 만들려고 해. 처음에는 자기가 쓸 수 있는 방법을, 그리고 다음에는 자기 말고 다른 사람도 쓸 수 있는 방법을."

"전자는 그런가 보다 하겠지만 후자는… 이상하군."

"거기서 끝이 아니야. 그러고 나면 문제 자체에 파고들지. 왜 이런 문제가 생겼을까, 이 문제를 아예 일으키지 않는 방법은 뭘까… 그걸 단계적으로 분석해 놓고 각각의 단계에서 또 자기가 취할 수 있는 방법과 남도 쓸 수 있는 방법을 고심해. 스스로 몰두할 수밖에 없는 테마를 계속 생산하는 녀석이었지."

"음……."

굉장히 이상한 작자라는 것만은 분명하게 알 수 있을 것 같았다.

레티시아가 물었다.

"레이거스와 알마릭을 보면 1세대 용마족은 정말 강하더군. 용마왕 아테인도 마찬가지였겠지?"

"음? 아테인을 그 둘하고 비교하는 것은 무리야."

"그 정도로 강했나?"

"아니, 말을 잘못했군. 아테인이 강한 것은 딱히 1세대 용마족이라서가 아니라는 의미야. 사실 레이거스와 알마릭도 마찬가지일걸."

"무슨 뜻이지?"

"1세대 용마족들은 발생 직후부터 꽤 강한 힘을 가지긴 해. 하지만 아테인과 용마장군은 1세대 용마족 중에서도 수명 한계를 초월한 몇 안 되는 사례야."

"수명 한계를 초월한다? 그 말은… 1세대 용마족이라고 다 그렇게 오래 사는 것은 아니라는 뜻인가?"

"응. 누군가에게 살해당하지 않는다는 조건하에서는 보통 용마족보다는 더 오래 살 수는 있겠지. 그래도 모두가 아테인이나 용마장군들 정도로 오래 살 수 있는 것은 아니야. 그리고 처음에는 정도의 차이는 있지만 기본적으로 용의 성질… 그것도 용살의 의식 이전의 용과 비슷해서 호전적이라서 금방 죽어나가는 경우도 많고."

"그래도 1세대 용마족은 지닌 힘이 압도적일 텐데 그렇게 쉽게 죽나?"

"레이거스와 알마릭을 기준으로 보면 안 돼. 너희 일행이라면 다들 일반적인 1세대 용마족은 어린애 취급할 수 있을걸."

"정말인가?"

레티시아가 눈을 크게 떴다. 지금까지의 인식과 전혀 다른 이야기였기 때문이다.

레슈가 쓴웃음을 지었다.

"1세대 용마족이 일반 용마족보다 탁월한 잠재능력을 가진 것은 사실이지만 처음부터 어마어마한 힘을 가진 개체는 별로 없어. 하지만 만약에 1세대 용마족이 레티시아, 네 두 배의 용마력을 타고났다고 가정해 보자."

"그 정도만 해도 대단한 것 같은데……."

레티시아는 용마인이지만 알마릭의 후계자를 만들기 위한 실험으로 태어났기에 잠재력이 뛰어났으며, 후에 마족과 합일하는 사건을 겪음으로써 용마력이 웬만한 용마족의 수준을 초월했다. 그런 그녀의 두 배라면 엄청난 수준이다.

"하지만 그런 용마력을 지닌 1세대 용마족이 마법과 용령기를 전혀 모를 경우에는 전력이 어느 정도일까?"

"…과연. 그런 뜻인가."

물론 그 정도로도 자연상에서는 적수를 찾기 어려울 것이다. 인간을 맨손으로 찢는 괴력에 맹수의 눈으로도 따라갈 수 없는 압도적인 운동능력을 가졌으니.

하지만 용마력을 활용하기 위해서는 학습 과정이 필요하다.

마법이나 용령기라는 체계화된 기술만큼 극한의 효율을 내지는 못하더라도 처음부터 불을 일으키거나 바람을 부르는 능력을 가졌을 수는 있다. 그래도 경험을 통해서 사용 방법을 정립할 필요는 있다.

맹수들은 자라고 나면 노련한 사냥꾼이 되지만 성장하는 과정에서 죽어나가는 경우가 부지기수다. 그리고 다 자란 후에도 단 한 번의 사냥을 실패한 것만으로도 죽음을 맞이하는 게 이상하지 않다.

1세대 용마족의 삶도 그와 같다.

"강하기는 하지만 용보다는 훨씬 약하지. 그리고 용은 어느 정도 자랄 때까지는 부모에게 보호를 받는다는 점을 감안하면 1세대 용마족 쪽이 훨씬 생존하기 어려워. 무리도 안 짓고 혼자라는 점까지 감안하면 더더욱 그렇지."

힘과 지성, 양쪽을 갖추고 있다고 하더라도 자연계에서 생존하기 위해서는 맹수, 그것도 독립된 성년 맹수로서의 삶을 살아야 한다. 다른 놈들과 영역 다툼을 하다가 혹은 굶주림에 지쳐서 죽어나가는 경우가 빈번할 수밖에.

"물론 지능이 높은 만큼 자기 능력을 개발하는 속도도 빠르기는 해. 그래도 용령기나 마법을 연마한 자와 비교하면 한계가 뚜렷해."

"하지만 그렇다면……."

레티시아가 눈살을 찌푸렸다.

"아젤의 말로는 넌 만났을 당시부터 굉장히 강했다고 했는데. 운이 좋았던 경우인 건가? 아니면 특별한 개체였나?"

"둘 다지."

레슈가 쓴웃음을 지었다.

"아테인의 말로는 나는 1세대 용마족 중에서도 가장 큰 힘을 타고난 존재일 거라고 하더라. 그래서인지 난 처음부터 적수가 없었고 아젤에게 기술을 배우기 전에도 이미 용들하고도 영역다툼을 해서 이겼지."

즉 용령기도 마법도 배우지 않은 상태에서도 용보다 더 강했다는 소리다. 확실히 터무니없는 잠재력의 소유자였음을 알 수 있었다.

"하지만 1세대 용마족 모두가 그렇게 강한 건 아니야. 그동안 이 숲에서 발생한 1세대 용마족들만 봐도 그렇지. 좀 특별한 놈은 하네롯사 정도?"

"하네롯사라면… 아까 전에 들었던 이름이군."

"숲의 동쪽 외곽을 관리하는 녀석이지. 한 120년 전쯤에 발생했어. 강한 주제에 싸움을 안 좋아하고 내성적인 성격이라 쉽게 우리 쪽으로 들어왔는데……."

"뭔가 내가 생각하던 1세대 용마족에 대한 이미지가 와장창 부서지는 중인데."

"앞으로도 그럴걸. 이 숲에 있는 동안 다른 1세대 용마족을 만날 기회가 있다면 말야."

"그렇군. 그럼 한 가지 묻지."

고개를 끄덕인 레티시아가 표정을 진지하게 굳혔다. 레슈가 고개를 끄덕였다.

"말해봐."

"네게 용혼이라는 것을 배운다면 레이거스나 알마릭과 맞설 수 있나?"

"음……."

레슈가 눈살을 찌푸렸다. 그러더니 고개를 갸웃한다.

"네가 설명한 것을 토대로 둘의 전투 능력을 추정해 본다면… 단시일 내로는 무리일걸?"

"…그런가."

"당장은 그렇다는 의미야. 일단 힘 대 힘으로 맞서 싸우는 것은 불가능하지. 이 조건하에서는 당장 너희에게 비탄의 잔 같은 최상급 용마기가 주어진다고 전제하더라도 안 돼. 하지만 용혼을 통해 어떤 능력을 얻느냐에 따라서 해볼 만해질 수도 있어."

5

아리에타는 우중충한 하늘을 올려다보며 멍하니 서 있었다.

얼마나 그렇게 서 있었는지 모르겠다.

불현듯 잡음이 들려와 그녀가 빠져 있던 정적을 깨기 시작했다.

"…용마… 믿을 수 없……."

"정보와… 용마공주……."

잡음 속에서 의미 있는 단어들이 멍해진 의식으로 파고들어온다.

동시에 오래 방치되었던 그림처럼 빛이 바래 있던 감각이 회복되기 시작한다. 흑백으로 보였던 세상에 빛깔이 돌아오고 소리와 냄새, 촉감이 되살아나서 명료한 형태를 이루었다.

아리에타는 짙은 피 냄새를 맡았다. 코가 마비될 정도로 어마어마한 양의 피가 주변을 적시고 그녀의 몸도 시뻘겋게 물들였다.

그리고 그녀의 손에 누군가 잡혀 있었다. 아리에타는 그것이 목이 부러진 용마인의 시체라는 사실을 깨닫고 흠칫 놀랐다.

'적과 싸웠나?'

순간 그녀의 몸이 움직인다.

파지지직!

그녀의 검이 등 뒤에서 달려들던 자의 도끼창을 막아낸다. 서로의 무기에 깃든 마력이 반발하면서 새하얀 스파크가 튀었다.

'적.'

아직도 뭐가 뭔지 모르겠다. 하지만 적이 자신을 노리고 있다.

그 사실을 인지하자 육체가 반응했다.

"흡!"

놀라운 힘으로 적을 밀어내고 외친다.

"떨쳐 울려라! 용의 위세여!"

용령기의 힘이 실린 언령이 정신파의 폭풍이 되어 적들을 덮친다. 적들이 그것을 받고 주춤하는 사이, 아리에타는 적들의 실체를 파악했다.

'용마왕 숭배자. 수는… 앞으로 셋.'

동시에 무아지경에 행한 일들에 대한 기억이 돌아온다.

폭풍용과 용살의 의식을 치렀다.

생애를 통틀어 가장 영원처럼 길게 느껴지는 사투 끝에 용을 쓰러뜨리고 용의 힘을 취했다.

'그렇군. 내가 이겼어.'

스스로도 믿기 어렵지만 용과 일대일로 싸워서 승리했다. 그래서인지 그 어느 때보다도 활력이 넘친다. 지금이라면 다시 용과 싸운다고 하더라도 이길 수 있을 것 같은 기분이었다.

"젠장! 정보와는 완전히 다르잖아! 셋만 있어도 잡을 수 있을 거라고 했는데……."

용마왕 숭배자들은 당황하고 있었다.

그들은 서부 국경요새를 무너뜨리기 위해서 동원한 폭풍용이 용살의 의식으로 막히게 되자 아리에타를 암살하기로 했다. 그들이 계획한 대륙의 혼란을 위해서는 서부 국경요새가 무너져야 했고, 아리에타가 용살의 의식을 위해서 요새로부터 멀리 떨어진 지금은 절호의 기회였다.

문제는 아리에타가 그들이 받은 정보에 비해 현격하게 강했다는 것이다.

그들의 정보는 예전에 이 발란 숲에서 사로잡으려고 노렸을 때니 비교적 최신 정보라고 할 수 있다. 하지만 아리에타는 타란토스 공작령에서 아젤에게 지도를 받은 후 전력이 이전과는 비교할 수 없을 정도로 상승했다.

원래부터 용마족 수준으로 탁월한 잠재력과 카이렌이 인정할 정도로 뛰어난 무재를 지녔던 그녀다. 기초야 지독할 정도로 단단하게 다져놓았으니만큼 아젤로부터 잊힌 비술들을 배우는 것만으로도 용살의 의식을 성공리에 치러낼 정도로 성장한 것이다.

"새삼스럽지만… 아젤에게 감사해야겠군."

아리에타가 미소를 지었다. 그러자 용마왕 숭배자들이 이를 갈았다.

"크윽, 대죄인 아젤 카르자크가 손을 써서 이렇게 된 건가!"

"왕을 해한 것으로도 모자라서 어디까지 우리의 대업을 방해해야 만족할 것인가!"

그 말에 아리에타의 표정이 이상해졌다. 그녀가 물었다.

"아젤 카르자크라니? 무슨 소리를 하는 거지?"

"시치미 떼지 마라! 용마공주, 당신과 함께 있던 아젤이라는 자가 아젤 카르자크 본인이라는 것은 이미 확인된 사실이다!"

"……"

순간 아리에타는 멍청하니 그들을 바라보았다.

'아젤이 영웅 아젤 카르자크라고?'

전에 본인이 그렇게 말한 적이 있기는 하지만 역시 믿기 어려운 이야기였다. 단지 그와 함께한 기억들이 왠지 정말로 그렇다고 하더라도 이상하지 않을 거라는 느낌을 주었을 뿐이다.

그런데 정말로 그랬단 말인가?

"하하하. 이거 참. 유쾌하도다. 나도 모르는 새에 전설의 영웅의 지도를 받았을 줄이야."

아리에타는 몇 번이나 아젤에게 물었다. 그때의 대화가 기억난다.

"이토록 귀중한 비술들을 이렇게 아무런 대가도 없이 전수해 줘도 되는 것인가? 이해할 수가 없군."

"괜찮습니다. 하나만 약속해 주시지요."

"아, 물론 다른 사람에게 쉽게 전해서는 안 된다는 것쯤은······."

"반대입니다. 공주님의 사람들에게는 아낌없이 전해주세요. 최대한 많은 사람을 공주님 휘하에 두고 그들에게 지금의 시대에는 실전된 개념을 일깨워 주셔야 합니다. 제가 공주님께 바라는 대가는 그것뿐입니다."

"어째서인가? 아젤 경, 당신은 어째서 이렇게까지… 자신의 기술을 아낌없이 선물하는 것인가?"

"다시 도래할 어둠에 맞설 힘이 필요합니다. 적들은 긴 시간 동안 공을 들여서 인간의 역사를 조작하고 진실한 힘을 빼앗았습니다. 날이 갈수록 발전해야 할 전투 기술이 용마전쟁 이후로 오히려 그 정수를 잃고 퇴보했으니, 그 정수를 독점한 자들이 일어난다면 용마전쟁 때보다 더 큰 환란이 찾아오겠지요."

…때때로 그는 용마전쟁 시절을 생생하게 알고 있는 것처럼 말했다.

그 시대의 전사들과 비교해서 지금의 전사들이 얼마나 수준이 떨어지는가, 무인으로서의 재능이나 각오의 문제가 아니라 기술의 근본을 거세당했기에 가질 수밖에 없는 한계가 얼마나 무서운 것인가…….

그런 문제들을 짚으면서 자신에게 가르침을 받는 이들이 다른 이들을 가르칠 수 있도록 기초부터 꼼꼼하게 풀어서 가르쳐 주었다.

아리에타는 아젤과의 약속을 잊지 않았다.

자기 휘하의 사람들에게는 아젤에게 배운 것을 아낌없이 전해주었다. 용마왕 숭배자들에 의해서 용령기와 스피릿 오더의 정수가 거세당한 이 시대에, 아리에타와 세이가의 병력과 타란토스 공작령의 기사들은 최강의 부대라고 할 수 있을 것이다.

"진즉에 알았다면 좋았을 것을. 스승님이 부럽구나."

그렇게 중얼거리는 아리에타의 모습이 순동법으로 사라지

더니 용마왕 숭배자들의 측면에 나타났다.

"큭!"

용마인 마법사가 뇌격을 쏘았다. 하지만 헛되이 허공을 관통했을 뿐이다. 분신이었던 것이다.

그 반대쪽을 아리에타가 무시무시한 기세로 몰아친다. 도끼창을 든 이와 격돌하는 순간, 눈을 부릅뜨며 외쳤다.

"떨쳐 울려라! 용의 위세여!"

언령이 정신파의 폭풍이 되어 휘몰아친다. 곧바로 전사들을 지원하려던 마법사가 움찔했다.

하지만 두 명의 전사는 이를 악물고 정신을 방어했다. 그들은 어둠의 설원의 전투 병력 양성기관에서 잊힌 비술을 포함한 전투 기술을 터득한 몸이다.

"두 번이나 당할 거라고 생각했느……."

파학!

측면에서 공격해 들어가던 다른 한 명이 말을 끝까지 맺지 못한 채 눈을 부릅떴다.

도끼창을 든 전사와 격돌하던 아리에타가 어느 순간 그를 베고 지나갔다.

'이런, 내 감각을 조작한 건가……!'

정신파의 폭풍은 미끼였다.

거세게 휘몰아치는 정신파를 막아내느라 단단하지만 구조가 단순한 정신방벽을 세우는 틈을 노려서 감각을 살짝 비틀어놓았다. 시각 정보가 뇌로 전달되는 것이 한 박자 늦어지는 것만으로도 아리에타는 손쉽게 그의 방어를 뚫을 수 있었다.

"사특한 어둠이여, 갈라져라!"

그리고 순동법으로 위치를 바꾼 아리에타가 허공에다 대고 검을 내려쳤다. 검의 궤적을 따라서 압도적인 섬광의 격류가 쏟아져 나왔다.

"크아아악……!"

비명은 폭음에 묻혀 들리지 않았다.

하지만 폭발을 뚫고 도끼창을 든 전사가 솟구친다. 마법사는 대응이 늦어서 당했지만 그는 방어했던 것이다.

아리에타는 그를 보며 코웃음을 쳤다. 왜 곧바로 추격해 오지 않나 의아해하던 도끼창 전사는 곧 그 이유를 깨달았다.

쩌엉!

뒤쪽에서 누군가가 그를 급습해 왔던 것이다.

곱슬진 금발에 앳된 얼굴을 가진 청년 기사, 자일 빈스였다. 그가 용살의 의식이 끝난 것을 알고 아리에타를 찾아서 왔던 것이다.

"늦어서 죄송합니다! 공주님!"

"조금 더 늦었어도 상관없었다만."

"차라리 호통을 치시지요."

자일이 쓴웃음을 지으며 도끼창 전사와 대치했다. 그리고 말했다.

"…인간이군."

"무슨 뜻으로 말하는 거냐?"

"알려줄 필요가 있을까?"

도끼창 전사는 섬뜩함을 느꼈다. 목소리가 갑자기 바로 옆에서 들려왔기 때문이다.

그가 깜짝 놀라서 목소리가 들려온 곳으로 고개를 돌렸다

'아차!'

하지만 아무것도 없다. 그리고 자일은 그 틈을 타서 그의 품으로 뛰어들고 있었다.

도끼창은 검보다 긴 거리에서 육중한 타격을 가할 수 있다는 것이 장점인 무기다. 하지만 자일의 계책에 속아 넘어가서 틈을 보인 순간, 자일은 이미 그 장점이 무색한 거리까지 뛰어들어 와 있었다.

"크윽! 불신자 따위가!"

용마왕 숭배자들에게는 공통된 자부심이 있었다.

'잊힌 비술을 모르는 불신자들은 우리의 적수가 되지 못한다.'

지금까지 그들은 늘 기술전에서 상대를 압도해 왔다. 정신과 감각을 다루는 비술을 잃은 자들이 그들의 상대가 될 수 있을 리가 있겠는가?

하지만 자일은 그들이 우위를 점할 수 없는 상대였다. 허를 찔러서 유리한 거리를 빼앗긴 채, 폭풍처럼 몰아치는 검격을

겨우겨우 막아내던 도끼창 전사가 눈을 부릅떴다.

검처럼 날카롭게 연마된 정신파가 자일의 정신방벽을 우회한다. 이것으로 그의 감각이 어긋난다면 역전할 수 있으리라.

찌이이이잉!

회심의 미소를 짓는 순간, 날카로운 두통이 몰려들어왔다.

"으윽……?"

"이미 공주님께 당해놓고도 내가 아무것도 모르는 바보일 거라고 생각했나? 오만하다 못해 바보 같은 놈이군."

그가 찔렀다고 생각한 정신방벽의 허점은 자일이 의도적으로 파둔 함정이었다. 그곳을 정신파로 공격하는 순간 반격이 날아들어 그의 사고를 한순간 마비시켰다.

파악!

뒤이어 자일의 검이 그의 머리와 몸통을 분리시켰다.

적을 쓰러뜨린 자일이 아리에타 앞에 한쪽 무릎을 꿇고 예를 표했다.

"용을 쓰러뜨리신 것을 경하드립니다."

"나도 아직 해냈다는 사실을 믿을 수 없던 참이다."

"저도 직접 보고도 믿기 어렵군요."

자일의 말에 아리에타가 빙긋 웃었다. 쓰러진 나무들 사이로 목이 뜯겨져 나간 용이 엄청난 양의 피를 쏟은 채로 죽어 있었다. 그 상처로부터 흘러나온 피가 주변을 온통 시뻘겋게 물들이고 아리에타의 몸도 반쯤 적셔놓아서 무척이나 섬뜩한 모습이다.

아리에타가 물었다.

"요새의 상황은?"

"종료되었습니다. 왕자님께서 적의 수괴를 쓰러뜨리셨습니다."

"그랬군. 잔존 병력이 몰려올지도 모르니 바로 요새로 돌아가지."

"용의 시신은 어찌할까요?"

"일단 한번 돌아갔다가 회수할 인원을 끌고 나오는 수밖에 없겠지. 두 변종 오크와 그 뒤에서 암약하던 용마왕 숭배자들도 쓰러뜨렸지만 이게 다라는 보장은 없으니 주의할 필요가 있을 것 같다."

"알겠습니다."

"그리고……"

아리에타는 잠시 말을 멈추고 실소를 머금었다. 자일이 의아해하는 눈으로 바라보자 그녀가 장난기 있게 웃으며 말했다.

"이놈들이 말하길 아젤 경이, 그 아젤 카르자크라는군."

"네?"

"지난번에 그가 농담처럼 말했던 것이 진실이었다는 뜻이다. 에노라에게 말해주면 어떤 표정을 지을지 궁금하다."

요새의 상황이 위태로워서 에노라는 후방으로 피신시켜 두었다. 아리에타는 그녀에게 사실을 들려줄 기회가 기대되었다.

문득 자일이 말했다.

"에노라 양이라면 그것보다는… 다른 것부터 지적하고 들지 않겠습니까?"

"뭘 말인가?"

"지금 공주님의 모습을 보면 기절할 것 같습니다."

"으음. 그렇게 심한가?"

"무례를 무릅쓰고 말씀드리자면, 어디서 물로 한 번 씻기라도 하는 게 나을 것 같습니다."

"그렇게 하도록 하지. 하지만 자일 경."

"네."

"별로 놀라는 기색이 아니군?"

"공주님도 마찬가지이신 것 같습니다만?"

"그렇지. 나 자신도 놀랄 정도로 쉽게 그 사실을 받아들이는 중이다."

"에노라 양도 마찬가지일지도 모르지요."

"그건 좀 재미없군. 세이가라면 놀라겠지?"

"그럴 겁니다."

두 사람은 공모자의 웃음을 주고받았다.

魔龍
展劍

1

스피릿 오더의 진수는 정신을 다루는 데 있다.

정신을 고양시키고, 감각을 자기 뜻대로 조절하고, 이윽고 정신파를 통해서 확장시키는 것에만 한정해서 보면 정신을 다루는 마법에 통달한 대마법사라 할지라도 고위 스피릿 오더 수련자를 따라오지 못한다.

무예는 몸을 단련하고, 기술을 연마하고, 정신을 수련한다.

하지만 스피릿 오더는 거꾸로다. 정신을 수련함으로써 마력을 다루는 능력을 손에 넣고, 그것을 활용하는 기술을 연마하고, 마지막으로 육체에 적용한다.

정신을 다루는 기술이야말로 스피릿 오더의 근본이다. 명상이 가장 중요한 수련법 중에 하나인 것도 필연이었다.

명상에 들어가면 스피릿 오더는 자신의 내면을 손바닥 보듯이 들여다보게 된다.

심장이 어떤 박자로 뛰는지, 그로 인해 혈류의 흐름이 어떻게 변화하는지, 심장을 둘러싸고 형성된 생명의 고리들이 맥동하면서 발생한 마력이 어떤 패턴을 그리며 퍼져 나가는지……

심장의 맥동으로 발생한 마력이 영맥을 촉촉하게 적시다가 이윽고 몸 밖으로 퍼져 나갔다.

동시에 감각이 확장된다.

눈을 감고 내면을 관조하는 중인데도 주변 상황을 꼼꼼하게 관찰한 것처럼 알게 된다.

뚝……!

풀 위를 구르던 이슬이 떨어지는 소리가 들린다.

감각이 그 너머로 확장된다. 불어오는 바람을 따라가듯이 멀리, 더 멀리……

다음 순간, 아젤은 수백 미터 저편에서 눈을 떴다.

치이이이……!

전신에서 연기가 피어올랐다.

그뿐만 아니다. 뒤쪽에서 아젤이 날아온 궤적을 따라서 폭음이 울리면서 광풍이 휘몰아친다. 아름드리나무들이 부러져 나가고 짐승들과 새들이 놀라서 사방으로 달아났다.

"…뭘 한 거야?"

그곳에 있던 라우라가 놀라서 물었다. 아젤이 냉기를 일으켜서 몸을 식히면서 말했다.

"순동법."

"…지금 그게? 500미터는 족히 날아온 것 같은데?"

아젤은 산 위쪽에서 명상하고 있다가 확장된 감각이 이곳에 도달한 순간, 벼락같이 순동법을 이용해서 날아온 것이다.

"400미터 좀 안 되는 거리야. 지금의 내가 전력으로 순동법을 쓰면 이렇게 된다는 뜻이지. 근데 역시 별로 할 짓은 못 돼. 실전에서 쓰다가는 반동으로 내 몸이 날아가 버릴 거야."

방금 전 아젤의 순동법은 소리가 전달되는 것보다도 몇 배나 더 빨랐다. 처음에 가속할 때, 그리고 마지막에 감속할 때 엄청난 충격을 버텨내야 했다. 이 순동법 한 번만으로도 녹초가 되었을 정도다.

우우우웅…….

하지만 한꺼번에 막대한 마력을 소모했던 영맥이 금세 촉촉해진다.

아젤의 심장을 둘러싼 생명의 고리는 여덟 개.

그 모두가 듀얼 밴딩 처리되어서 한없이 용마력에 가까운 밀도 높은 힘을 발생시키고 있었다.

라우라가 믿을 수 없다는 듯 중얼거렸다.

"용마기를 아홉 개나 계승받았다고는 해도 마력이 이렇게까지 높아지다니……."

"용마기만은 아니야."

"응?"

"칼로스 이 녀석, 용마기를 단순히 보관해 두는 것만이 아니라… 예언지킴이들을 용마력 생성기로 삼아서 엄청난 양의 용마력을 담아두었어. 그래서 계승받는 순간 마치 용살의 의식을 치른 것처럼 어마어마한 힘의 홍수가 밀려들어오더군."

그 결과 아젤의 부상은 순식간에 나아버렸고, 육체는 훨씬 강인해졌으며, 용마력의 밀도는 더욱 높아졌다.

몸 안에서 회오리치는 힘들을 수습하는 과정에서 아젤은 생명의 고리를 여덟 개까지 완성, 듀얼 밴딩까지 완료할 수 있었다.

라우라가 물었다.

"용마전쟁 때는 용마기를 총 열세 개를 다루었다고 했지?"

"그랬지."

"그럼 그때는 얼마나 강했던 거야?"

"음. 글쎄? 지금하고 큰 차이는 없을걸? 나도 이 정도까지 회복할 수 있을 줄은 몰랐지만……."

고개를 갸우뚱하는 아젤의 대답에 라우라가 의아해했다. 용마기 세 개는 결국 계승되지 못하고 소실되었다. 그런데도 그때와 큰 차이가 없단 말인가?

"그때와 비교하면 못한 점도 있고 나은 점도 있어. 못한 점부터 말하자면 일단 용마기 세 개를 잃었고, 몸은 아직 그때보다 약해. 그리고 완전한 용마력을 다루던 그때와 비교하면 아직 마력의 질도 약간 떨어지지."

지금도 육체가 엄청나게 강해지긴 했지만 객관적으로 전성기와 비교하면 아무래도 좀 떨어진다. 그리고 용마기 세 개를 잃어서 전술적인 선택지가 많이 줄었다.

"나은 점은 마력이야."

"마력?"

"정확히는 순간적으로 낼 수 있는 마력. 이건 그때의 두 배는 넘어."

"어떻게 그럴 수가 있어? 당신… 그때도 옥터플 마스터(생명의 고리 8개)였다면서?"

라우라가 이해할 수 없다는 듯 물었다.

옥터플 마스터라면 거의 인간의 한계에 도달했다고 봐도 과언이 아니다. 어둠의 설원에도 그 정도의 경지를 이룬 자가 없기 때문에 정확히 어느 정도인지는 알 수 없지만, 아젤의 손에 죽은 듀랑만 하더라도 마력 면에서는 웬만한 용마족을 능가했기에 누구에게도 무시당하지 않았다.

그런데 그 두 배라니?

"듀얼 밴딩이라는 기술 때문이지."

아젤은 듀얼 밴딩에 대해서는 일행들에게도 말한 적이 없었다.

이유는 두 가지다.

하나는 이것이 아직 완성되었다고 보지 않기 때문이다. 전인미답의 길을 가고 있는 입장에서, 자기는 잘 쓰고 있다고 하더라도 제대로 된 기술로 정립해서 누군가에게 전수할 수 있다는 확신을 얻지 못했다.

또 하나는 일행 중에 듀얼 밴딩을 전수할 만한 인물이 없었기 때문이다. 카이렌과 레티시아는 용령기 수련자고 라우라와 유렌은 마법사니 그럴 수밖에.

'자일이나 보어는… 아무래도 듀얼 밴딩을 터득할 수준이 되려면 멀었고.'

아젤 자신은 마력을 죄다 잃고 처음부터 시작했기 때문에 첫 번째 생명의 고리부터 듀얼 밴딩을 적용할 수 있었다.

그러나 듀얼 밴딩은 극한의 마력 감각을 필요로 하는 기술이었다. 고위 스피릿 오더 수련자가 아니라면 그 구축 과정을 실천하기는커녕 기본 개념조차 제대로 이해할 수 없을 것이다.

문득 라우라가 말했다.

"마력의 최대치, 보여줄 수 있어?"

"음. 어디 한번 해볼까?"

아젤은 그녀의 요청에 응했다.

우웅…….

살짝 엇갈린 형태로 형성된 여덟 개의 생명의 고리가 심장의 맥동을 따라서 진동한다. 폭풍 같은 마력이 쏟아져 나왔다.

구구구구구구……!

아무것도 안 하고 그저 마력 파동을 쏟아내고 있을 뿐이다.

그런데 땅이 울린다.

반경 수백 미터에 걸쳐서 대지가 진동하고, 흙과 자갈들이 허공으로 떠오르고 있었다. 그 영향인지 잔잔하던 바람이 점차로 사나워지기 시작했다.

"세상에……."

라우라는 지금까지 누군가에게 마력으로 압도당해 본 경험이 없었다.

당연하다.

그녀는 용마족, 그것도 아운소르 일족들이 탁월한 후계자를 얻기 위해서 금단의 비술로 창조한 존재다. 지옥 같은 성장 과정을 통해서 잠재된 용마력을 최대한으로 끌어올리기까지 했다.

하지만 지금 아젤에게서 쏟아지는 마력 파동을 접하자 숨이 턱 막힌다.

해일이 몰려오는 해변에 서 있을 때의 기분이 이럴까? 이 마력 앞에서는 아무것도 할 수 없다는 아득한 절망감이 일어난다.

심지어 아젤은 아직 마력을 최대치까지 끌어올리지도 않

았다. 이미 내면에 침잠해서 한계를 파악하기는 했지만, 현실에서 발현할 때의 감각을 확인해 보려는 듯 계속해서 마력을 끌어올린다.

그때였다.

"이봐, 아젤. 훈련에 방해돼."

못마땅한 목소리가 들려왔다.

동시에 거대한 산악처럼 일어나던 아젤의 마력이 급속도로 가라앉았다. 그리고 쓴웃음을 지으며 말했다.

"이쪽도 훈련 중이었는데."

하지만 뒤돌아본 곳에는 아무도 없다. 목소리의 주인, 레슈는 1킬로미터도 더 떨어진 해변가에 있었기 때문이다.

하지만 둘 다 거리에 전혀 상관하지 않고 서로를 바라보며 대화를 나눈다. 눈은 서로를 뚜렷하게 보고 있었고 마력으로 조절된 목소리는 먼 거리를 격해서 상대방에게 전달되었다.

"더 멀리 가서 하든가 아니면 결계라도 치고 해야지 무슨 짓이야? 숲이 완전 난리 났잖아. 이쪽은 더없이 섬세한 기술을 가르치는 중이란 말이야."

"주의하지."

"그런데 마력이 터무니없이 커졌네. 이 정도면 나하고 필적하겠는데?"

"이 정도로는 너만 못하지. 예전의 너라면 얼추 비슷할 것 같지만 지금은 더 강해졌을 거 아냐?"

그 말에 라우라는 경악했다.

'이런 엄청난 마력으로도 미치지 못한다고?'

레슈가 용마족 중에서도 용마력을 기준으로는 최강이라는 이야기는 들었다.

하지만 지금 아젤이 보여준 마력은 얼마 전에 싸운 알마릭이나 용마력을 쓸 수 있는 상태로 변신한 레이거스조차도 능가할 정도다. 그런데도 레슈보다 못하다니?

레슈가 말했다.

"어쨌든 주의해. 용혼은 목숨 걸고 익히는 거니까 집중력을 흐트러뜨릴 요소가 생기는 것은 곤란하다고."

"명심하지."

아젤이 어깨를 으쓱했다.

용혼을 배우기 위해 레슈의 거처에 머무르게 된 지도 벌써 열흘이 지났다.

그동안 일행은 각자 스스로를 단련하며 시간을 보냈다.

아젤은 아발탄의 전사들과 교류했으며, 라우라와 유렌은 아발탄과 대화를 나누고 마법사들과 지식을 교환했다.

카이렌과 레티시아는 레슈에게 용혼을 배우고 있었는데… 매일같이 사이베인에게 신세를 지고 있었다.

2

"매일 치료하고 중상을 입는 것을 반복하는 짓은 좀 그만 둬줬으면 좋겠습니다만."

저녁 무렵에 불려온 사이베인이 한숨을 쉬었다. 레슈가 머리를 긁적였다.

"아, 미안. 당신이 있다고 생각하니 매번 좀 더 몰아붙여도 되겠다고 생각하게 되어서."

"으윽……."

그 앞에 카이렌과 레티시아가 쓰러진 채 신음하고 있었다.

용혼을 터득하는 과정은 혹독했다.

자신의 내면에서 용마력이 미쳐 날뛰는 과정을 이겨내야 하기 때문에 기술을 익힌다기보다는 목숨 걸고 시련을 이겨 내서 보상을 취한다는 느낌이 든다. 하지만 그만큼 보상은 화끈해서 용마기를 생성하는 것과는 비교도 안 되는 단시간에 큰 힘을 얻을 수 있었다.

사이베인이 말했다.

"둘 다 용마력이 커서 치료야 쉽지만… 이건 뭐 매일 인형을 망가뜨리면 수선해 주는 기분마저 드는군요. 좀 더 천천히 하는 게 낫지 않습니까?"

"미안해. 하지만 별로 시간이 많지는 않다고 하니까 속성으로 하는 수밖에. 어차피 용혼을 터득하는 것은 방법을 알고 나면 그다음은 본인의 기량이 가장 크게 작용하니까."

"흠……."

"당신 입장에서는 기분이 복잡하겠군."

"그렇기는 합니다만 이제 와서는 제 손을 떠난 문제지요."

사이베인이 쓴웃음을 지었다.

숲의 주민이 될 때 그는 어둠의 설원에서 용마왕의 아들로 살아가던 과거를 포기했다. 동포들과 인연을 끊은 사실이, 무엇보다 딸에게 아무것도 해줄 수 없다는 사실이 안타깝지만… 맹세를 어길 수는 없었다.

마음가짐의 문제가 아니라 아발탄이 그것을 허락하지 않을 테니까.

잠시 그를 바라보던 레슈가 화제를 돌렸다.

"아젤이 아발탄의 전사들을 죄다 깨뱄다면서?"

"연승기록 갱신 중이지요."

이 숲에서 용혼을 일깨우거나 용마기를 보유한 자들 중 태반은 아발탄의 직속으로 임명받아서 아발탄의 전사라 불리고 있었다. 이 숲의 주민들에게는 최고의 영예라고 할 수 있는 칭호였다.

그런 자들이 아젤의 정체를 알고는 호승심을 불태우며 대련을 청했고… 열흘간 37승이라는 연승기록을 안겨주었다.

레슈가 씩 웃었다.

"체면이 말이 아니군. 다들 이를 바득바득 갈고 있겠는데?"

"그렇습니다. 레슈 님께서는 안 붙어보십니까? 레슈 님 말고는 그 기록을 저지할 사람이 없어 보입니다만."

숲의 주민 중 최강이라 할 수 있는 아발탄이나 리벤탄은 용이다. 그리고 전투 능력과 통솔력을 인정받아서 숲 외곽의 관리자가 된 하네롯사는 마법사다.

즉, 숲의 전사 중에서는 레슈가 최강이다.

하지만 그는 좀 특이한 위치에 있었다. 용혼이라는 비기를 만들고 숲의 전사들을 교육시킨 스승이기에 아발탄도 레슈에게 충성을 강요하지 않고 자유롭게 놔둔다. 그는 숲의 주민이면서도 아발탄에게 예속되지 않는 존재였다.

"지금은 됐어. 용혼 전수하기도 바빠."

"음……."

"그리고 어차피 사투가 아니라서 서로 전력을 다할 수도 없고. 예나 지금이나 마찬가지로……."

용마전쟁 때 이곳에 왔을 때, 아젤과 레슈는 서로를 가르치는 과정에서 수도 없이 검과 주먹을 겨루었다. 그렇지만 진정으로 자신이 가진 모든 것을 다한 사투는 벌인 적이 없었다.

"기회가 올지도 모르지만… 일단은 참아야지. 당장 할 일이 있으니까 말야."

레슈는 의미심장한 말을 하면서 빙긋 웃었다.

3

레슈는 카이렌과 레티시아가 좋은 학생이라고 생각했다. 둘 다 그가 가르쳐 본 이들 중에서 손꼽히는 자질의 소유자였다. 배우기 시작한 지 2주 만에 용혼 각성의 단초를 잡는 것은 쉬운 일이 아니다.

"명심해야 할 것은, 용혼을 일깨운다는 것은 용마기처럼 도구를 만들어내는 것과는 다르다는 점이야."

그것이 용혼과 용마기의 핵심적인 차이점이었다.

용혼은 용마족이나 용마인이 품은 용마력에 생명을 부여하는 것이다.

용마력은 의념만으로도 현상을 강제하는 힘이다. 이 힘의 본질은 용이 자연을 지배하는 것과 같다.

다른 점은 용의 힘보다 약한 대신 보다 만능이라는 것이다.

그것은 마족으로부터 온 특성일 것이다. 용과 달리 마족은, 정확히는 그들의 기원인 인간은 약하지만 대신 대단히 범용적인 대응성을 가진다.

그 둘의 특성이 더해진 용마력은 그저 강한 이미지를 구축하는 것만으로도 자신이 원하는 온갖 현상을 일으킬 수 있었다.

거기서 더 나아가면, 그것은 용령기와 마법이라는 압도적인 효율과 다양성을 갖춘 기술의 기반이 된다. 그리고 이윽고 스스로 의지를 갖고 존재하는 영혼의 분신, 용마기에 도달한다.

"용마기는 긴 시간에 걸쳐서 용마력의 결정을 만들어내는 과정이야. 스피릿 오더 수련자의 생명의 고리, 마법사의 권능 문자도 이것들과 같은 거지."

스피릿 오더 수련자는 마력을 결정화해서 생명의 고리를 구축함으로써 마력의 근원으로 삼는다.

마법사는 자신이 원하는 권능을 담은 마력 결정을 문자의 형태로 만들어서 체내에 새김으로써 외부의 힘을 유입시켜 원하는 형질로 정제한다.

"그래서 용령기 수련자는 용마기를 만드는 데 어려움을 많이 겪는 편이지. 수련 중에 마력의 결정화 과정을 거쳐 보지 않으니까."

용마족과 용마인은 마력 결정화 같은 귀찮은 과정에 공들일 필요가 없다.

그들은 나면서부터 전신에 막대한 용마력이 갖춰져 있으며, 그 핵심이 되는 기관조차 처음부터 갖추고 있기 때문이다.

눈동자, 용마석, 그리고 뿔이 그것이다.

"이런 고밀도 마력 결정을 그냥 마력이 아니라 용마력으로 만들어내어서 외부에 구현할 수 있다면 그게 바로 용마기다. 당연히 순도 높은 용마력이 어마어마하게 필요하고, 결정화 자체가 많은 시간을 들여야 하는 경우가 많지. 하지만 용혼은 달라."

용마기는 용마력을 정제하여 만들어내는 도구다.

그러나 용혼은… 자신의 용마력에 생명을 부여하는 것이다.

"도구라기보다는 스스로의 또 다른 모습이라고 하는 편이 옳지. 용의 형태를 취하는 것은 용마력의 본질이 용의 힘이기 때문일 것이고."

그렇기 때문에 용혼은 용마기처럼 장시간에 걸쳐서 결정화하는 과정 따위는 거치지 않아도 된다.

자신의 용마력을 용혼으로 각성시킬 수 있느냐 없느냐가 전부고 그것은… 시도할 때마다 상당한 위험을 감수해야 하는 시련이었다.

4

"죽겠군."

카이렌은 녹초가 퍼질러졌다. 테이블에 머리를 박고 있던 그가 고개를 들며 말했다.

"유렌."

"네."

"그 책은 어디서 난 건가? 여기 책도 있나?"

"아, 종이는 마법사들이 적당히 제작하는 모양입니다. 책으로 묶인 기록이 많아서 좀 빌려왔죠."

"호오."

이런 숲에서 종이가 만들어지고 그 위에 기록을 해서 책으로 묶는다니 신기한 일이다.

"다른 사람들은?"

"아직 저쪽에 남아 있을 겁니다."

"아젤은 여전히 또 신 나서 놀고 있나?"

"그렇죠. 부러우시죠?"

"솔직히 말하면 그렇군. 젠장."

아젤이 아발탄의 전사들과 대련을 벌이고 있다는 소식을 들을 때마다 몸이 근질거린다. 하지만 용혼을 배우는 길이 너무 험난해서 다른 무언가를 할 여력이 없었다.

불만스러운 표정을 짓던 카이렌은 문득 한 가지 생각난 게 있어서 물었다.

"그러고 보니……."

"왜요?"

"지난번에 하다 만 이야기 말인데."

"네?"

"바이언 이야기 말이다."

"아, 그거……."

유렌은 그제야 카이렌이 무슨 이야길 하려는지 깨달았다. 한창 용마왕 숭배자들에게 쫓길 때, 인도자에 대한 가설을 이야기하면서 바이언의 이름을 꺼냈다가 아젤이 깨어나는 바람에 흐지부지되고 그 후로는 워낙 경황이 없어서 잊고 있었다.

카이렌이 물었다.

"그때 무슨 이야길 하려고 했지? 널 보니까 갑자기 생각나는군."

"음. 그건……."

유렌은 멋쩍은 듯 볼을 긁적이며 운을 뗐다.

"혹시 예전에 이런 말 들으신 적 있지 않아요? 저는 공작님의 검은 필요 없습니다. 그저 공작님의 돈과 인맥이 절실하게 필요할 뿐입니다."

"뭐라고?"

순간 카이렌은 경악해서 벌떡 일어났다.

"네가 어떻게 그 말을 알고 있지?"

카이렌은 경악과 불신의 눈으로 유렌을 바라보았다.

유렌이 한 말은 대암흑 때 바이언이 의료협회 설립을 위해 그와 독대할 때 했던 말이었다.

유렌이 말했다.

"이 이야기를 왜 했느냐면… 일단 이 정도는 말씀드려야 제 말이 좀 설득력 있게 들릴 것 같아서예요."

"빙빙 돌리지 말고 결론을 말해라."

"성질도 급하시긴. 간단해요. 제가 바로 바이언이라는 소리죠."

"……."

"아, 정확히는 바이언이었다고 해야 하나?"

"무슨 어처구니없는 소리를……."

"저도 그렇게 들릴 거라고 생각했어요. 하지만 인도자의 정체에 대해서 생각하다 보니 그런 가설을 세우게 되더라고요."

"그게 어떻게 그런 이야기가 되나?"

"누군가의 환생이다… 라는 이야기를 종종 하잖아요? 제 생각에 저는 바이언의 환생인 것 같거든요."

유렌이 어깨를 으쓱했다.

영혼은 실재한다.

이 세계에서 그 사실을 의심하는 자는 없다. 사후세계의 진정한 모습은 모르지만 적어도 영혼은 존재하며, 흑마법사들의 사령술과 불사체야말로 그 증거다.

사람들은 죽고 나면 영혼의 거취가 둘로 갈린다고 생각한다. 이 세상에 남거나 아니면 사자의 세계로 가서 가거나.

이 세상에 남는 경우에 대해서는 망령이나 불사체가 되는 경우를 떠올리기 쉽지만…….

"하지만 다른 누군가로 다시 태어나는 환생이라는 개념은, 마법에 있어서 가설로 존재하며 많은 사람이 미신으로 믿기도 하죠."

"스스로 미신이라고 말하면서 설득력이 있으리라 생각

하나?"

"저도 확신하는 건 아닙니다. 전 종종 인도자의 꿈을 통해서 다른 누군가의 삶을 체감해요. 삶 전체를 보는 건 아니고 그냥 부분부분, 그 인물이 되어서 과거에 있었던 어떤 부분을 체감해 보는 거죠."

유렌은 그럴 때마다 자신이 제삼자로서 꿈을 꾸고 있다는 것을 자각하면서도, 그것이 자신이 겪었던 일이라고 느낀다.

"이건 내가 기억하지 못할 뿐, 내가 살면서 겪었던 일이다. 그런 생각이 들어요."

인도자의 꿈은 바이언의 기억을 상당히 많이 보여주었다. 아젤과 만난 후로는 의료협회 설립을 위해 카이렌과 만났던 기억들을 볼 수 있었다.

"그런 일들을 겪다 보니… 전 요즘 들어서 인도자가 사실은 다른 누군가가 아니라 저 자신의 다른 모습이 아닐까 하는 가설을 세웠지요."

"음?"

"환생이라는 개념이 실존한다고 치고, 저는 계속해서 환생하고 있는 존재인 거죠. 하지만 환생을 할 때마다 연속성이 끊기는 거예요. 계속 같은 인물인데 몸만 갈아타는 게 아니라 영혼만 동일할 뿐 완전히 새로운 인물이 되고…….."

하지만 최초에 환생을 시작할 때부터 한 번도 연속성이 끊어지지 않고, 제삼자의 관점에서 기억을 누적해 온 또 다른 자아가 있다. 그 자아는 꿈을 매개로 삼아서 이제까지 환생을 거듭하면서 누적된 지식을 전해준다.

"그게 바로 인도자가 아닐까 싶거든요. 이 경우 최초에 환생을 시작한 저는 아주 뛰어난… 아마도 세계를 할퀴어서 흉터자국을 남길 수 있을 정도로 굉장한 마법사였고, 특정한 의도를 갖고 환생을 시작했을 거라고 가정해 볼 수 있지요. 그의도는 아무래도 지금의 제 처지와 관련이 있는 것 같고요."

"…들으면 들을수록 내 머리가 이상해지는 것 같은 기분이군."

"이해는 합니다. 당장 믿어달라고 기대하진 않았어요."

"노력해 보지."

"네?"

"믿으려고 노력해 보겠다."

"믿으면 믿는 거지 믿으려고 노력해 보는 건 뭡니까?"

"예전 같았으면 개소리 작작하라고 말해줬을 텐데, 요즘 당한 일들이 워낙 어처구니없다 보니 그 정도는 그럴 수도 있겠다 싶군."

레이거스와 알마릭, 그리고 아젤까지… 도저히 믿을 수 없는 일들이 현실이 되어 나타났다. 그런 판국이다 보니 이제는 유렌이 하는 말도 마냥 헛소리로 치부할 수가 없었다.

"하지만 바이언이 자네로 환생했다면… 음. 그 사람이 어쩌다 이런 놈이 되었는지. 환생이라는 것도 손해 보는 장사로군."

"제가 어디가 어때서요?"

"바이언은 누구도 손쓰지 못하고 있던 대재난에 목숨을 걸고 맞서서 인류에게 희망의 등불을 밝혀준 현인이었지. 자네가 그와 비견할 만한 인물인지 가슴에 손을 얹고 생각해 보도록."

"끄응. 그렇게 말하면 뭔가 억울한데요. 나이 차이가 얼만데 업적을 갖고 비교를 하세요? 한 10년쯤 후에 보시죠."

투덜거리는 유렌을 카이렌은 묘한 기분으로 바라보았다.

그와 바이언은 개인적으로 친한 사이는 아니었다. 그저 그를 높이 사서 후원했을 뿐이니까.

카이렌은 바이언을 존경했었다. 신분이나 나이는 상관없다. 세상에 도래한 절망과 맞서 싸워 승리를 쟁취한 그는 존경해 마땅한 인간이었다.

'그가 이런 녀석으로 환생했다는 건가……'

칼로스의 후손이라는 소리는 외모가 닮기라도 했으니 비교적 쉽게 받아들일 수 있었다. 아젤도 인정했고, 적인 알마릭도 그 점을 언급했으니……

하지만 바이언과 유렌 사이에서는 어떤 공통점도 찾기 어렵다. 굳이 찾아보자면… 정체를 알 수 없는 지식을 가졌다는 것 정도?

'그게 인도자의 꿈으로부터 비롯된 거였다면… 납득이 안 가는 것은 아니군.'

모두가 속수무책이었던 대암흑에 맞설 실마리를 잡은 것에 대해서 바이언이 흑마법사라서 마족과 거래를 했을 거라는 흉흉한 뒷소문도 있었다. 그가 결과적으로 인류를 구원했으니 함부로 의심을 제기하지 못했을 뿐.

"만약 네 가설이 맞다면 어째서 인도자는 모든 것을 밝히지 않는 거지?"

"저도 그 점은 의문이에요. 현재로서는 환생한 후에 새로운 인생을 살면서 형성된 자아를 지켜주려는 의도가 아닌가 추측하고 있는데……."

"어째서? 지금까지 네가 말한 대로라면 인도자는 명확한 의도를 갖고 네 인생을 특정한 방향으로 인도하고 있는데… 그 정도면 정체를 명확히 하고 자신의 뜻과 너의 뜻을 확실히 일치시키는 게 낫지 않은가?"

"전 그게 인도자가 스스로를 유지하는 조건일 거라고 추측 중이에요."

"조건?"

"저나 바이언처럼 환생한 후에 형성된 새로운 자아의 독립성을 훼손하지 않는 것. 둘을 동일시할 경우, 어쩌면 기억이 통합될지도 모르고 그렇게 되면 자아에 혼란이 와서 전혀 다른 인물로 변해 버릴지도 모르지요."

"가설을 뒷받침하기 위해 또 다른 가설을 만들어내고 있군."

"그렇죠? 그래서 이게 진실이니까 믿어달라고 할 수가 없다니까요."

유렌이 난처한 웃음을 지으며 어깨를 으쓱했다.

자기는 이렇게 생각하지만 안 믿어줘도 어쩔 수 없다.

생각해 보면 유렌의 태도는 늘 그랬다. 처음 만났을 때부터 그 점에 있어서만은 한결같았다. 정말 믿기 어려운 녀석인데 그가 처한 입장과 그가 보여준 행동이 그를 신뢰하게 만든다.

"속 편한 녀석 같으니. 바이언은 훨씬 성실하고 집요했거늘 어떻게 이런 녀석이 그 후예를 자처하는지……."

"후예가 아니라 본인이라니까요?"

"그거나 그거나."

5

아발탄의 숲에는 용이 많았다.

다른 곳과는 달리 아발탄과 리벤탄이 서식지를 통제해서 질서를 만들어내기에 면적 대비 용의 수가 무척 많아서 이미 성년에 접어든 용만 해도 100마리를 훌쩍 넘어간다고 한다.

그리고 이곳에서는 용살의 의식이 가장 명예로운 시련으로 받아들여지고 있었다.

이 사실을 알게 되었을 때 라우라는 아연해했다.

"용이 다스리는 곳인데 어째서……."

미르넬의 제자 중 한 명이 용살의 의식을 준비하고 있었다.

이곳에서는 용살의 의식을 결심하면 아발탄에게 그 사실을 알리고 허가를 받는다. 그리고 도전을 받을 용에게도 그 사실을 알려서 일자를 잡고 서로 최상의 컨디션으로 싸움에 임한다고 했다.

미르넬이 고개를 갸웃했다.

"그게 이상해?"

당연히 이상한 일이다.

어둠의 설원에서 용살의 의식을 명예로운 시련으로 취급하는 것은 큰 힘을, 나아가서는 용마기를 얻을 수 있는 유일한 수단이기 때문이다. 하지만 용이 다스리는 이곳에서 용의 목숨을 빼앗는 도전을 명예롭다고 여기다니?

미르넬이 웃었다.

"아발탄 님의 입장은 이거야. 내가 지혜를 획득했듯이 다른 용도 지혜를 획득할 권리가 있다. 용들에게 있어서 그것은 가장 큰 열망이야. 목숨을 지켜주겠다는 이유로 그 열망을 이룰 기회를 빼앗는 쪽이 오히려 잔인하지 않아?"

"아……."

"레슈 님께서 용혼을 개발한 후로는 용살의 의식을 치르는 횟수가 줄어들었어. 하지만 여전히 많은 이가 용혼이나 용마기를 바라면서 그 수단으로서 용살의 의식을 필요로 하지. 바깥과 달리 아발탄 님이 이 의식을 주재하시기에 양쪽에게 공평한 조건이야."

"그렇구나……."

용도, 그에 도전하는 자도 목숨을 걸고서라도 이루고 싶은 것이 있기에 싸우는 것이다.

문명사회에서 보면 야만스럽기 짝이 없는 일이다. 하지만 아직까지는 용과 인간, 서로가 원하는 것을 얻을 다른 방법이 발견되지 않았다.

라우라가 물었다.

"용은… 용살의 의식을 몇 번이나 치러야 지혜를 얻게 돼?"

용살의 의식이 세상에 생겨난 지 수천 년의 시간이 흘렀다. 그러나 지혜를 얻은 용은 거의 없었다. 넓은 세상 어딘가에는 또 다른 지혜로운 용이 있을지도 모르지만 라우라는 아발탄과 리벤탄밖에 모른다.

미르넬이 대답했다.

"몰라."

"응?"

"아발탄 님과 리벤탄 님도 자기들이 몇 번이나 용살의 의식을 치렀는지는 기억 못하고 있어. 상대에 따라서 달라지는 것 같기도 하고… 하지만 한두 번으로 되는 게 아니라는 것만은 분명해."

그것은 용들에게도 끝을 알 수 없는 시련이었다.

언젠가 지혜를 얻을 수 있을지도 모른다.

그런 실낱같은 가능성에 매달린 채 매번 목숨을 건 싸움을 벌여야 하다니…….

"분명한 것은… 매번 용살의 의식을 치를 때마다 척척 눈에 띄게 지능이 오르지는 않는다는 것뿐이야. 승리해도 짐승의 수준에 머물다가 마지막 순간에 극적으로 지혜를 획득하게 된다는 게 지금까지 밝혀진 전부야."

"잔혹하네."

"그렇지?"

라우라의 지적에 미르넬이 쓴웃음을 지었다.

용들에게는 잔혹한 일이다. 그것은 지혜를 획득하기까지 단 한 걸음을 남겨둔 채라도, 아무런 성과도 실감하지 못한 채로 죽을 수도 있다는 것 아닌가?

미르넬이 말했다.

"언젠가는 현명한 사람들이 더 좋은 방법을 찾을지도 모르지. 하지만 사람이 병들고, 늙어가고, 굶주리고… 고통스럽게 죽어가는 것에 대한 이상적인 해법이 없듯이, 지금은 이 방법밖에 없어."

6

사이베인은 아젤이 숲에 머무는 것이 불편했다.

동시에 그와 조금이라도 더 이야기를 나누고 싶은 열망에 시달리고 있었다.

참으로 모순된 감정이 공존한다. 그리고 우습게도 아젤 역시 그와 같은 심정을 공유하고 있었다.

"부탁 하나 해도 되겠나?"

"뭐지?"

"내 딸을 설득해다오."

"…니베리스와 내 관계는 이미 충분히 설명했다고 생각하는데?"

부탁할 사람이 따로 있지 아젤에게 그런 것을 부탁하다니?

사이베인이 한숨을 쉬었다.

"안다. 그래도 달리 부탁할 사람이 없군. 대신 자네에게 도움이 될 만한 정보를 이야기해 주지. 그만한 가치가 있는 진실일 거라고 생각한다."

"당신은 이미 우리가 밖에서 알게 된 정보들도 모르고 있었어. 그런데 쓸 만한 정보를 제공할 수 있다고?"

"있다. 충분히 가치 있는 정보일 것이다."

"흠……."

"내 딸을 설득해서, 아니, 설득할 수 없다면… 힘으로 제압해서라도 이곳으로 데려와서 내가 설득할 기회를 다오."

아젤은 잠시 고민했다. 과연 그가 제공하는 정보에 가치가 있을까? 이미 어둠의 설원 내부의 정보는 충분히 얻었다고 봐도 좋을 텐데……

하지만 확신을 갖고 자신을 설득하려는 사이베인의 태도가 흥미로운 것도 사실이다. 결국 아젤은 고개를 끄덕였다.

"시도는 해보지. 하지만 성공은 장담 못한다. 그래도 괜찮겠나?"

"고맙다."

사이베인은 고개를 숙였다. 그런 그를 본 아젤의 표정이 복잡해졌다. 과거에는 반드시 서로를 죽이려고 했던 적군의 왕자였던 자가 딸을 살리고자 고개를 숙이다니…….

사이베인이 말했다.

"내가 그대에게 줄 핵심적인 정보는 두 가지인데… 일단은 지난번에 하던 이야기를 마저 해야 할 것 같군. 내가 어떻게 여기까지 오게 되었는지…….

"두 가지 이유가 있다고 했었지."

"기억하고 있군. 하나는… 처의 죽음이었다."

광기에 매몰되어 왕국의 후예가 아니라 종교 집단으로 변질되어 가는 어둠의 설원에서 사이베인은 지쳐갔다.

그런 시간이 1, 2년만 계속되어도 지쳐서 다 때려치우고 싶어지는 게 당연한 일이다. 그런데 그는 자그마치 100년 이상… 인간의 일생을 훌쩍 넘어가는 장구한 세월 동안 그 상황을 지켜봐야 했다.

자신이 아끼고 사랑했던 것들이 추악하게 변모해 가고, 자신이 해온 일들이 희망의 탑을 쌓는 데는 아무런 도움이 안 된다는 사실을 잘 알고 있었다. 그러면서도 노력하다 보면 잘 될 거라고, 예전에 자신이 사랑했던 그 모습을 되찾을 수 있을 거라고 스스로를 기만하며 그 긴 세월을 버텨온 것이다.

그 기만이 무너지고 현실을 받아들이게 되었을 때, 그가 미쳐 버리지 않은 것이 더 이상한 일이다.

"정략적으로 맺어지긴 했지만 나는 그녀를 사랑했었다. 처음에야 그냥 애처롭고 아껴주고 싶고… 그런 마음으로 시작했지만, 조금 시간이 지나고 보니 우습게도 내가 그 나이 되어서야 첫사랑에 빠졌다는 것을 깨달았지."

아내 엘베리스와의 결혼 생활은 어둠의 설원에서 보낸 200여 년의 장구한 시간 중에 가장 눈부신 추억이었다. 그녀와 아무런 긴장도 없는 평온한 시간을 공유할 때 얼마나 행복했는지, 니베리스가 태어났을 때 얼마나 기뻤는지…….

옛일을 회상하는 사이베인을 보며 아젤은 묘한 기분을 느꼈다.

처를 사랑하고, 딸이 생겨서 기뻐한다.

자신이 죽여야 하는 적이 자신처럼 울고 웃고 누군가를 사랑하는 사람다운 존재라는 것을 실감하는 경험이 처음은 아니다. 이 문제로는 라우라에게 조언까지 했지 않은가?

하지만 이미 몇 번이나 겪은 일임에도 불구하고 복잡한 기분이 드는 것은 어쩔 수 없다.

사이베인은 그런 아젤의 기분을 알아차리지 못하고 말을

이었다.

"하지만 그 이면에는 추악한 일들이 도사리고 있었지."

입장상 사이베인은 어둠의 설원에 머무르는 시간보다 바깥으로 나돌아 다니는 시간이 더 길었다.

그리고 그가 없는 동안 엘베리스는 학대받고 있었다.

물리적으로 학대를 받았다는 의미가 아니다. 어려서부터 병약했던 그녀를 쓸모없는 것이라고 모욕했던 자들이 여전히 그녀를 압박하고 있었다.

사이베인에게는 늘 아무 일도 없다면서 웃어 보이는 그녀였지만⋯ 그 이면에서는 늘 쓸모없는 주제에 위대한 혈통을 잇는 도구로서의 일조차 못한다며 모욕당하는 시간이 있었다.

니베리스를 낳은 후에도 그런 모욕은 줄어들지 않았다. 오히려 더 심해져서 은근히 약을 복용시키거나 마법적 실험을 받으라는 압박이 가해졌다.

"난 정말 바보였지. 그런 사실들을 그녀가 죽은 후에나 알았다."

곁에 있을 때는 누구도 함부로 그런 말을 할 수 없도록 그녀를 지켜주려고 애썼다.

하지만 임무 때문에 밖으로 나갈 때는 어쩔 수 없었다. 그녀의 가문 사람들이 친족이라는 이유로 접근해 오는데 어쩔 것인가. 어둠의 설원의 상층부를 차지한 유력자 일족이기까지 한데.

"그녀는 더 많은 자손을 낳기 위해 인체 개조 실험을 받았고, 그 결과 몸에 부담이 가해져서 목숨을 잃었다."

진실을 알게 된 사이베인은 분노와 슬픔으로 미쳐 버렸다.

평소의 자제심은 온데간데없이 사라졌다. 그녀에게 실험을 강권한 자, 실험에 참여한 자 전부를 참살했다. 그 결과 엘베리스의 일족은 몰살당하고 말았다.

이 행동에 대해서 원로들은 격노해서 대응에 나섰다.

하지만 아테인의 적자인 사이베인을 살해하는 것은 그들에게는 있을 수 없는 일이었다. 사이베인은 자신을 구속하려는 그들을 피해서 어둠의 설원을 뛰쳐나왔다.

"그렇다는 것은……."

아젤이 눈살을 찌푸렸다.

"당신도 배신자나 다름없는 입장이라는 거군."

"그렇지. 하지만 라우라, 그 아이와 이야기해 보니 공식적으로는 내가 벌였던 일들이 모두 묻혀 버렸더군."

사이베인이 쓴웃음을 지었다.

라우라를 비롯한 어둠의 설원의 젊은 세대들에게는 사이베인이 수호그림자와 싸우다가 실종되었다고만 알려주고 그 이면에서 무슨 일이 있었는지는 전혀 알려주지 않았다. 젊은 세대의 충성심을 흐릴 수 있는 정보는 완전히 차단하고 있었던 것이다.

"떠나기 전에 어머님께 수면기에 들어간 니베리스를 부탁하고 나왔지."

과연 아인세라에게 자신에 대한 친애의 정이 남아 있는지 의문이었지만 그녀에게 부탁할 수밖에 없었다. 그리고 아인세라는 그 부탁을 들어주었다.

"어머님께서 중재에 나서기는 했지만 원로들의 입장은 강경했다. 나를 구속하기 위한 추적부대들로부터 도주하는 과정에서 나는 오래전부터 수행해 오던 임무의 성과를 이용했지."

"임무의 성과?"

"아버님의 유산을 찾는 것이다."

아테인은 장구한 세월 동안 세상을 떠돌며 많은 흔적을 남겨두었다. 어둠의 설원에서는 그 흔적들을 신성시하여 어떻게든 확보하려고 혈안이 되어 있었다.

"그리고 나는… 처가 죽었을 당시에 아주 큰 성과를 올린 상태였다. 결국 보고하지 않고 쫓기는 몸이 되었지만."

"무슨 성과였기에?"

"아버님의 비밀 연구실이었다."

"그건 확실히 큰 건수였겠군."

아젤이 놀랐다.

마법사가 아군에게조차 그 존재를 알리지 않는 비밀 연구실을 만드는 것은 이상한 일이 아니다. 그런 장소에는 강력한 방어체계가 구축되어 있게 마련이고, 마법사 본인이 죽은 후에도 유지된다. 아젤이 캐낸 유적들 중에도 그런 것이 꽤 많았다.

'성의 연구실에 저주를 풀 실마리가 없었던 것은… 그쪽 자료가 비밀 연구실에 있어서였을지도.'

용마전쟁이 끝난 후 칼로스는 아젤의 저주를 풀기 위해 동분서주했으며, 아테인의 거처와 연구실을 샅샅이 뒤져서 실마리를 찾고자 했지만 아무런 성과도 거두지 못했다. 만약 아테인이 중요한 자료들을 측근들조차 모르는 비밀 연구실에다가 두었다면 납득이 간다.

사이베인이 말을 이었다.

"아버님이 전쟁 중에 무슨 수로 그곳을 이용하셨는지는 모르겠다. 아마 위대한 어둠을 통해서 육체가 어디 있는지와는 상관없이 연구실을 이용할 수 있었던 게 아닐까 추측하지만……."

"말도 안 되는 소리라고 하고 싶지만……."

"아버님이라면 그럴 수도 있겠다 싶지 않은가?"

"…그래."

아테인은 전투 능력과는 별개로 무엇이든 할 수 있는 존재로 보였다. 그런 인식은 인간 연합군뿐만 아니라 용마왕군에게도 마찬가지였던 모양이다. 하긴 그러니까 그가 죽은 후에 용마왕 신앙이 탄생했겠지만.

사이베인이 말했다.

"어쨌든 거기에는 아버님의 일기가 있었다. 용뿔의 성채에서 최후를 맞이하시기 일주일 전까지 기록된 일기였지."

그리고 그 내용이 사이베인이 모든 것을 포기해 버린 결정적인 계기가 되었다.

7

사이베인은 아테인의 일기에서 절망을 보았다.

"아버님께서는 우리를 사랑하지 않았다. 하지만 동시에 한없이 사랑했다."

"수수께끼인가?"

"아니. 있는 그대로의 사실을 말한 것뿐이다. 어둠의 설원에는 아버님의 죽음을 바라보는 견해가 두 가지로 갈려 있는데……."

"그건 라우라에게 들었어. 아테인이 용마전쟁을 일으킨 후에 스스로의 선택이 잘못되었음을 깨달았지만 이미 돌이킬수 없는 상황이었고, 그래서 내게 죽음으로써 바로잡을 기회를 얻었다… 는 자기 좋을 대로의 해석이던데."

"만약 그게 사실이라면 어쩌겠나?"

사이베인이 물었다. 아젤의 표정이 묘해졌다.

"내게 묻기에는 별로 적절치 못한 질문이라고 생각하지

않나?"

"아니, 오히려 그대이기에 묻는 것이다. 아버님과 마지막
으로 싸웠고, 그분의 숨통을 끊은 장본인이니까."

"음……."

아젤은 잠시 생각하다가 말했다.

"말도 안 되는 소리라고 생각한다. 적어도 나와 싸울 때,
아테인이 처음부터 질 마음으로 싸웠다고 여겨지진 않아. 그
랬다면 훨씬 쉽게 결판이 났을 거다."

"그런가……. 적어도 아버님은 처음부터 우리를 버릴 생각
으로 싸우지는 않으셨다는 뜻이군."

"내 대답을 듣고도 그 견해 자체에는 변함이 없나 보군?"

아젤의 물음에 사이베인이 고개를 끄덕였다.

"아젤, 아버님께서 어떤 이상을 품고 용마군을 조직하고,
용마전쟁을 시작하셨는지 알고 있나?"

"대충은."

"용마전쟁이 시작되기 전, 용마족들은 인간의 국가에 속하
지 않고 자체적으로 세력을 꾸린 경우가 많았다. 인간의 국가
와 대립하는 자들도 있었고 그들이 영향력을 미치지 못할 만
한 곳에 자리 잡은 이들도 있었지."

아테인이 용마장군들과 함께 그들을 규합하고 용마왕의
자리에 오르기까지 긴 시간이 필요했다. 용마전쟁의 기간이
길었다고는 하지만 그 준비 기간은 몇 배가 넘었다.

아테인은 때로는 이상으로 상대를 설득했고, 때로는 무력으로 상대를 복속시켰으며, 때로는 마법의 비술을 대가로, 때로는 그들이 품고 있는 삶의 문제를 해결해 주는 것을 대가로 하여 거대한 협력 체제를 만들어냈다.

"어머님과 혼인하여 나를 낳은 것도 그 과정이었지."

인간들의 우두머리들이 그렇게 하듯이 혈연으로 맺어짐으로써 그들을 아군으로 끌어들인 것이다.

아테인이 그렇게까지 해서 용마왕군을 조직한 것은 세상과 싸워 정복할 힘이 필요했기 때문이다. 이상세계를 건설하기 위해서는 일단 세상을 자신의 통제하에 놓을 필요가 있었다.

"그리고 그런 행동에는 용마족에 대한 믿음이 전제되어 있었다."

용마족이 인간보다 더 나은 통치자가 될 수 있다는 믿음.

분명 용마족은 강인한 육체와 용마력, 높은 지능과 기나긴 수명까지 가진… 인간의 눈으로 보면 한없이 이상에 가까운 존재였다. 아테인도 그렇게 생각했기에 그들의 잠재력을 믿었다.

'용마족은 타고난 능력이 뛰어나고 평균적인 지능도 인간보다 훨씬 높다. 그러니 공동체의 이상적인 상태를 위해 자신의 욕망을 다스릴 수 있을 것이다.'

용마전쟁 이전에 용마족들은 뿔뿔이 흩어져 있었다.

부족 사회를 이루는 정도가 한계고 좀 규모가 큰 곳은 용마족들이 지배계급으로서 인간을 다스리고 있었다. 수명과 능력을 생각할 때, 작은 사회 안에서라면 그것은 필연적인 결론이다.

그리고 그 안에서 용마족들은 인간 지배자들과 별로 다르지 않았다.

그들은 자신들이 우월한 존재라고 믿어 의심치 않았으며 인간들이 자신들을 위해 봉사하는 것을 당연히 여겼다. 용마전쟁 당시 용마왕군의 용마족들이 보였던 태도는 아테인의 영향이 아니라 그들이 원래부터 가졌던 사고방식에서 기인했다.

이런 모습을 보고서도 아테인이 그들을 믿은 것은, 역시 동족들이 지닌 이성의 잠재력에 희망을 품었기 때문이리라.

"하지만 아버님은 용마전쟁을 수행하는 과정에서 절망했지. 어쩌면 그전부터인지도 모르지만……"

아군이 된 그들에게 이상을 교육했지만… 그들은 달라지지 않았다.

물론 이상을 이해하고 받아들이는 자들도 있었다. 하지만 전체적으로 보면 그저 명분으로 받아들일 뿐, 실제 행동은 전혀 다른 자가 거의 대다수였다.

"일기장의 내용을 보면 아버님은 더 이상 우리에게 아무런 기대도 하지 않으셨지. 아버님은 자신이 용마족이 지닌 이성의 가능성을 믿었던 것이 틀렸다는 결론에 도달해서 다른 방법을 모색하고 있었다."

용마족 역시 인간과 똑같은 본질적인 한계를 안고 있었다. 아무리 뛰어난 지능과 육체를 지녔다고 하더라도 그것이 그들의 품성을 고고하게 만들어주지는 않는다.

그들은 용과 인간의 자식이며, 지성체로서는 지독할 정도로 인간과 닮아 있었다.

아젤이 눈살을 찌푸리며 물었다.

"이야기가 길어지는데… 그래서 결론이 뭐지? 난 솔직히 고고한 이상가 아테인의 희망과 절망의 이야기는 별로 궁금하지 않군."

"그대의 지인들은 궁금해할 이야기라고 생각하는데."

"그럴지도 모르지. 하지만 내가 아테인의 생각을 궁금해한다면 그건 무슨 감정을 느꼈는지를 알고 싶어서가 아니라, 그걸로 인해서 어떤 행동을 할지를 예측하기 위해서야."

마법사나 역사가가 눈에 불을 켤 이야기를 들으면서도 아젤은 시큰둥했다.

'여기 오면서 내내 이런 이야기만 듣고 있군. 젠장. 그래서 어쩌자는 거야?

당장 눈앞에서 밀려오는 홍수 피해를 막아야 할 사람에게 먼 미래에 홍수 자체를 없애 버리자는 소리를 하고 있는 셈이다. 왜 이리도 세상을 거시적인 관점에서만 보기를 좋아하는 것인가?

아젤이 말했다.

"정리하자면 아테인은 어쨌거나… 용마왕군을 통해서 세상을 정복하고 이상사회를 건설하는 게 완전히 바보짓이었음을 깨달았고, 그래서 뭔가 다른 방법을 준비하고 있었고, 따라서 이번에 부활하면 준비해 둔 계획을 실행할 거다 이거 아닌가? 그리고 네가 내게 주려는 정보는 그 계획이겠지?"

"잘 요약하는군. 바로 그거다."

"그것만 말해."

"아젤, 그대는 인간이 다른 인간의 품성을 믿는다고 생각하나?"

"…왜 또 말을 돌리지?"

아젤이 짜증을 냈지만 사이베인은 차분했다.

"필요한 이야기이기 때문이다."

"좋아. 좀 더 인내심을 발휘해 주지. 그 질문에 대한 내 답은… 개인으로서는 믿을지 몰라도 인간 전체에 대해서는 안 믿는다고 본다."

"내가 말하고자 하는 바도 그와 같다. 인간은 서로를 믿지 않기 때문에 법을 설정하고 그것을 지키게 만들기 위한 장치들을 만들었지. 강제력을 지닌 시스템만이 신뢰를 만들 수 있고… 하지만 그럼에도 그 속에서 시스템의 허점을 이용해서 온갖 패악이 나타난다."

"인간의 본성이 그 모양이라고 말하려는 거라면, 아니꼽긴 하지만 동의해 주지. 그래서 그걸 예로 들어서 무슨 이야기를 하려는 거지?"

"아버님은 용마족도 결국 인간과 똑같다고 생각하신 거다."

"음?"

"자신이 생각한 이상적인 시스템을 강요할 방법을 만들겠다고 생각하셨다."

"그러니까……."

아젤이 머리를 긁적였다.

"그게 일반적인 법과 제도를 말하는 것은 아니겠지?"

"그렇다. 나도 구체적인 내용까지는 모르겠지만… 아버님께서는 온 세상에 자신이 구상한 이상적인 시스템을 강요할 방법을 준비하고 계셨다."

"……."

아젤은 할 말을 잃었다.

구성원 개개인의 품성과 상관없이 그가 설정한 규칙을 지킬 수밖에 없도록 강제하는 방법이라? 그런 게 가능한 것인가?

'역시 미쳐도 아주 거대하게 미친놈다운 발상인데…….'

한 개인, 아니, 소규모 집단까지라면 그럴 수 있을지도 모르겠다. 아주 많은 감시 인력과 강제 수단을 준비한다면 말이다.

하지만 온 세상을 대상으로 그러겠다고?

'가능할 리가 없잖아?'

절대로 불가능하다.

문제는 저걸 하겠다고 한 놈이 아테인이라는 것이다.

사이베인이 말했다.

"절대 불가능할 것 같지만 아버님이라면 어쩌면……. 그대는 지금 그렇게 생각하겠지?"

"너도 그렇게 생각했다는 이야기군."

"나는 아버님이라면 가능할 거라는 쪽으로 기울었다. 그 근거도 아버님의 일기장 속의 기록 때문이었다."

"뭐지?"

"용살의 의식을 통해 인간과 용의 관계를 재설정한 존재, 그것은 아버님이셨다."

"……."

순간 아젤은 아연해지고 말았다. 사이베인이 씁쓸한 미소를 지으며 말했다.

"자, 이제는 내가 왜 아버님이라면 그런 일이 가능하다고 생각했는지 이해할 수 있겠나?"

8

달빛이 흐릿한 밤, 레슈는 낭떠러지 위에서 바닷바람을 맞으며 서 있었다.

그의 시선은 컴컴한 밤바다 저편으로 향해 있었다. 마치 명상이라도 하는 것처럼 그 자세로 한 시간도 넘게 꼼짝하지 않는 그에게 아젤이 다가왔다.

"뭘 하고 있어?"

"바다 너머의 세상은 뭐가 다를까… 그런 상상을 해보고 있었어."

레슈는 놀라는 기색 없이 대답했다. 돌아보는 그에게 아젤이 말했다.

"거기도 똑같이 사람 사는 세상이겠지."

"사람이 살지 않을지도 모르는데?"

"그럼 동물의 왕국이겠군."

"그러게."

킥킥 웃는 레슈에게 아젤이 물었다.

"두 사람의 진도는 좀 어때?"

카이렌과 레티시아가 레슈에게 용혼을 배우기 시작한 지도 어느덧 한 달이 다 되어가고 있었다.

둘이 죽을 고생을 해가면서 용혼을 배우는 동안, 다른 일행들도 놀고 있지는 않았다. 라우라와 유렌도 숲의 주민들과 교류하고, 아발탄과 대화하면서 실력을 늘릴 방법을 고심했고 아젤은 되찾은 힘을 파악하고 활용하는 훈련을 했다.

"여기쯤이야."

레슈가 손가락으로 목을 가리켰다.

아젤이 말했다.

"될락 말락 하는 상태가 계속인가?"

"일주일째 그 상태지. 둘 다 용마력도 강하고 그걸 다루는 기량도 꽤 뛰어나니까 조만간 되지 않을까? 용혼은 각성하느냐, 못하느냐… 거기서부터 시작이니까."

"그렇군."

"무슨 이야기를 들고 왔는데 그렇게 망설여?"

"……."

레슈가 대화의 맥락을 무시하고 불쑥 던진 물음에 아젤이 침묵했다.

다시 밤바다로 시선을 던진 레슈가 그 질문과는 상관없는 이야기를 시작했다.

"네게 있어서 내가 어떻게 보일지 모르겠지만… 나한테 있어서 너는 아주 오래된 추억의 흔적과도 같아. 그 시절을 그대로 정지시켜 두고 있다가 끄집어낸 느낌이지. 내가 너를 볼 때마다 얼마나 경이로워하고 있는지, 넌 모를 거야."

"너도 내가 너를 보면서 얼마나 놀랐는지는 모를걸."

"그래도 비슷한 감각은 알아. 난 용마족이라 긴 수면기에 빠져본 적이 있으니까. 요 220년 동안 딱 한 번, 20년 정도 잠을 잤었는데… 세상이 정말 많이 바뀌었더군. 그 변화를 놓친 채로 잠들었다는 사실에 울분이 치솟을 정도로."

"……."

"너는 예전과 거의 똑같아, 아젤. 하지만 나는 스스로 생각해도 그때와는 완전히 다른 사람처럼 변했지."

"…정말로 그래."

아젤이 한숨을 쉬었다.

여기 온 후로 아젤은 레슈와 별로 많은 대화를 나누지 않았다. 레슈에게 느끼는 감정은 사이베인에 대한 것보다 한층 더 복잡하다.

이제는 먼 옛날이 되어버린, 자신의 시대를 기억하는 사람이 있어서 기쁘다.

하지만 동시에… 시간이 흘렀음을 실감케 하는 변화가 불편하다.

아젤에게 있어서 예전의 레슈는 깊이 알았던 친구였다. 하지만 지금의 레슈는 그 시절을 과거로 지닌 속을 알 수 없는 누군가가 되어버렸다.

레슈가 말했다.

"하지만 넌 지금 그것보다 좀 더 하기 어려운 말을 하려고 하는 것 같은데."

"마음을 읽는 능력이라도 생겼나?"

"애들을 많이 가르치다 보니까 어느 정도는 사람 속을 알겠더라고."

"거참."

아젤은 실소하고 말았다. 역시 그는 예전에 자신이 알던 레슈가 아니다.

레슈가 말했다.

"말하기 힘들면 다음으로 미뤄도 돼. 적어도 네가 여기서 떠날 때까지는 시간이 남아 있잖아?"

"아니, 그렇게 미루다 보면 한도 끝도 없지. 그냥 말하겠어."

"말해봐."

"레슈, 넌 내 적인가?"

"……."

아젤이 각오를 굳히고 던진 말에 레슈가 침묵했다.

밤바다가 내는 파도 소리만이 정적 속으로 밀려들었다. 한참 동안이나 침묵하고 있던 레슈가 쓴웃음을 지으며 물었다.

"왜 그런 생각을 한 거야?"

"내가 생각한 것은 아니야."

"그럼?"

"사이베인이 그러더군. 너는 내 적일 거라고."

"…그 녀석이? 어떻게 그런 생각을 하게 된 거지?"

레슈가 의아해했다. 그것은 결코 아젤의 말을 부정하는 태도가 아니었다.

아젤이 말했다.

"아테인의 비밀 연구실을 발견했다는군. 거기에 아테인의 일기장이 있었고."

"그런 거였나? 하지만 일기장이라면 용마전쟁이 끝나기 전일 텐데……."

"네게 제안을 했다는 사실이 적혀 있었지."

사이베인이 제공한 두 개의 정보 중 하나가 이것이었다.

'레슈 님은 아버님과 손잡았을 것이다.'

믿기 어려운 이야기였다.

하지만 그렇다고 확인해 보지 않고 넘어가자니 너무 찜찜하다. 그래서 결국 결심을 굳히고 물어보러 온 것인데…….

"그리고… 사이베인을 너무 얕보지 마. 허당왕자라고 조롱하기는 했지만 그놈은 아테인의 아들이다."

사이베인은 용마왕군에서도 손꼽히는 고위 마법사였으며, 암혼의 서는 최상급 용마기 중에 하나였다. 그저 그런 탁월한 능력을 갖고도 제대로 된 전과를 올리지 못했기에 허당왕자라 불렸을 뿐…….

아젤이 말했다.

"사이베인은 네가 위대한 어둠과 연결되어 있는 것을 알았어. 그걸 근거로 네가 아테인의 제안을 받아들였을 거라고 추측했지."

"과연. 내가 그 녀석을 너무 얕본 모양이군."

"언제였지?"

아젤은 표정을 굳히고 물었다.

레슈의 반응을 보니 알겠다. 사이베인의 정보는 진실이다.

레슈가 한숨을 쉬었다.

"확실하게 동맹을 받아들인 것은 50년 전쯤이었지. 그러니까 대암흑이 끝날 때쯤이야."

"…아테인은 죽었어. 부활한다고는 하지만 어떻게 그때 동맹을 맺을 수가 있지?"

"정말 아테인이 부활하기 전까지 아무것도 할 수 없다고 믿어?"

"……."

의미심장한 이야기다. 아젤은 가슴이 답답해지는 것을 느꼈다.

레슈가 말했다.

"동맹으로서 자세한 정보는 줄 수 없지만… 흠. 아젤, 일단은 좀 살기는 거두지 않겠어? 내가 입장상 네 적이 될 가능성이 높은 것은 사실이야."

"아테인과 동맹을 맺었다고 했지. 그럼 적이 될 가능성이 높은 게 아니라……."

"만약 아테인이 자신을 신격화해서 떠받드는 놈들과 합류할 생각도 없고 인류와 싸울 생각도 없다면 어쩔 건데?"

그 말에 아젤은 잠시 말문이 막혔다.

생각해 보지 않은 부분이었다. 아테인은 용마왕, 부활하고 나면 당연히 용마왕군의 잔당인 용마왕 숭배자들을 이끌고 다시금 세상에 환란을 불러올 거라고 생각하고 있었다.

레슈가 어깨를 으쓱했다.

"나도 아테인의 계획을 다 알고 있는 것은 아니야. 알고 있는 것도 너한테 말해줄 수 없고. 하지만 만약 내가 너와 적이 된다고 하더라도 그건 아테인이 부활해서 행동을 결정한 후야. 그렇지 않아?"

"음……."

"네 친구로서 말할게. 아테인이 부활하기 전까지 나는 결코 네 적이 되지 않을 거고 해가 되는 행동도 하지 않을 거야."

그 말에 아젤은 레슈의 눈을 바라보았다. 어둠 속에서 레슈는 서글픈 감정을 담은 눈으로 그를 보고 있었다.

한참 동안 정적이 흘러갔다.

솟구치는 감정을 억누르며 레슈와 눈을 마주하던 아젤이 고개를 절레절레 저었다.

"…좋아. 너를 믿지."

"고마워."

"그럼 말해봐. 어째서 그런 선택을 한 거지?"

"그건……."

레슈가 쓸쓸하게 웃으며 말을 이었다.

"세상은 탐욕스럽고 악한 자에게 관대하고 욕심 없고 선량한 자에게 가혹하기 때문이야."

"……"

"내가 인간을, 세상을 알기 위해 이 숲을 떠날 것을 알게 된 아테인은 내게 제안했지. 자신은 힘없고 선량한 자들도 행복하게 살 수 있는 세상을 만들 거라고."

그때만 해도 레슈는 그가 도대체 무슨 소리를 하고 있는지 이해할 수 없었다. 이놈은 자기를 때려눕힌 것으로도 모자라서 왜 이상한 소리를 지껄이는가?

하지만 아테인은 당시 레슈의 현재가 아니라 미래를 보고 제안을 했다. 먼 훗날이라도 좋으니 자신의 말을 이해할 수 있는 때가 온다면, 인간들이 만든 세상에 절망하는 때가 온다면 자신을 도와달라고.

"그리고 그때가 온 거야."

대암흑이 도래했을 때도 레슈는 세상을 떠돌고 있었다. 그때는 정말로 참혹한 시대였다. 인간이 믿던 가치가 모두 파괴되고 서로에 대한 신뢰, 애정, 희망 대신 두려움과 절망만이 세상을 가득 채우고 있었다.

"현자 바이언은 알지?"

"물론……"

갑자기 바이언의 이름이 나오자 아젤은 당혹스러웠다. 왜 레슈가 그의 이름을 꺼낸단 말인가?

"그에 대해서 어디까지 알고 있어?"

레슈의 물음에 아젤은 역사서에서 본 것과 카이렌에게 들은 이야기를 종합해서 이야기해 주었다.

이야기를 들은 레슈가 어두운 표정으로 물었다.

"…그렇군. 카이렌이 바이언과 그런 식으로 아는 사이인 줄 몰랐는걸."

레슈가 쓴웃음을 지었다. 카이렌이 루레인 왕국의 타란토스 공작이라는 것을 몰랐기에 바이언과의 인연도 전혀 짐작하지 못했던 것이다.

"바이언은 대단한 인물이었지. 나는 한동안 그를 곁에서 지켜본 적이 있었어."

바이언은 대암흑을 불러온 전염병을 치료할 방법을 찾아서 위험하기 짝이 없는 지역들을 떠돌았다. 레슈는 그런 바이언을 호위하면서 함께 다닌 적이 있었다.

"의료 협회가 설립될 때쯤에는 더 이상 내가 필요 없다고 생각했기 때문에 떠났지. 그리고 10년쯤 뒤에… 그가 살해당했다는 사실을 알게 되었어."

"…살해당했다고?"

"공식적으로는 의료 협회가 잘 굴러가기 시작할 때쯤에 행적이 묘연해졌다고 하는데… 사실은 살해당한 거였어. 신전에서 보낸 암살자들에게."

"……."

아젤은 아연해졌다.

목숨을 걸고 인류를 절망으로부터 구한 남자가, 자신이 구해낸 자들에게 암살이라는 추악한 방법으로 죽임을 당했단 말인가?

"용서할 수 없는 일이지. 하지만 인간들은 그 사실을 모르더군. 신을 모신다는 놈이, 자신들의 권위를 빼앗아갔다는 이유로 바이언을 증오하고 추악한 짓을 저질렀다는 것을."

대암흑으로 인해서 신전의 권위는 밑바닥까지 추락했다. 신전에서 독점하고 있던 치유술조차 유출되어 의료 협회가 설립, 사제가 아닌 치유술사들이 양성됨으로써 그들이 예전과 같은 권세를 되찾을 길은 영영 없어지고 말았다.

한때 세상을 다 가진 듯 떵떵거리던 고위 사제들은 바이언에게 앙심을 품었다.

지독하게 비뚤어진 원한이었다. 그들은 조락한 자신들의 신세를 보며 바이언을 증오했고… 결국 암살하기에 이르렀다.

"…그 일로 나는 아테인의 동맹 제의를 받아들였지."

바이언의 죽음에 얽힌 진실을 알게 된 레슈는 그 어느 때보다도 비통했다.

인간들 사이를 거닐면서 선의가 악의로 보답받는 일들을 너무나도 많이 봐왔다. 선하게 산다고 해서 행복해지는 게 아니며 악하게 산다고 해서 불행해지지도 않는다.

이 세상은 근본적으로 잘못되어 있다. 하지만 자신은 이런 세상을 올바르게 고칠 방법을 모르겠다.

"아테인이라면 해법을 갖고 있을지도 모른다. 그렇게 생각했고… 아테인은 그 대답을 준비해 두고 있었어."

"어떤 대답이었지?"

"말할 수 없어. 아테인이 부활하면, 그때는 알게 될 거야."

"음……."

아젤은 사이베인에게 들은 사실을 이야기해서 추궁해 볼까 하다가 그만두었다. 무의미할 거라는 생각이 들었던 것이다.

"좋아. 이야기는 잘 들었어. 우리 둘의 관계에 대해서는 나중으로 미뤄두도록 하지. 그래도 두 사람의 용혼 훈련은 계속 잘 부탁해도 되겠지?"

"물론이야. 한번 맡은 제자는 끝까지 책임지는 주의니까."

"믿겠어."

그렇게 말하고 돌아서는 아젤의 뒷모습을 보는 레슈의 입가에는 쓸쓸한 미소가 걸려 있었다.

龍魔
劍展

1

레이거스는 당혹스러웠다.

'이건 뭐지?'

한 번도 본 적 없는 광경이다. 자기가 어찌해서 여기에 와 있는지도 모르겠다. 전후 관계에 대한 기억이 전혀 없었다.

'정신조작이라도 당한 건가?'

과연 그에게 그런 짓을 할 수 있는 자가 존재한단 말인가?

곧 그는 생각하길 포기했다. 원래 복잡하게 이러쿵저러쿵 생각하는 것은 좋아하지 않는다. 마음에 안 들면 다 때려 부수면 그만 아닌가?

끼이익, 끼이익…….

세차게 비가 내리는 가운데 어둑어둑한 실내에서 낡은 문이 흔들리면서 귀에 거슬리는 소리를 낸다.

레이거스의 시야는 어둠 속을 대낮처럼 환하게 꿰뚫어 보고 있었다. 그의 눈에 보이는 광경은, 그야말로 참상이었다.

바로 얼마 전까지만 해도 살아서 떠들었을 인간들이 끔찍한 시체로 변해 있었다. 형체를 온전히 보전한 자가 아무도 없고 엄청난 양의 피로 건물 내부를 새로 칠해놓은 꼴이다.

"하아, 아아아아……."

그 속에서 한 소녀가 주저앉은 채로 고통스러운 신음을 발하고 있었다. 자기도 모르게 그녀에게로 다가간 레이거스는, 동시에 한 가지 사실을 깨달았다.

'이거, 꿈인가?

그는 이곳에 없었다. 몸 자체가 없고 그저 이 광경을 지켜보는 시점만이 존재할 뿐이다.

환각을 일으키는 마법에라도 사로잡힌 것일까? 그게 아니면 질 나쁜 개꿈이라도 꾸는 것인가?

"하아아, 아아악……."

소녀는 고통스러워하고 있었다. 레이거스는 그녀가 죽어가고 있다는 사실을 깨달았다. 이 참상 속에서 유일하게 숨이 붙어 있는 존재지만 그것도 곧 의미 없어질 것이다. 평범한 몸을 난도질당한 채로는 살아남을 수 없으니까.

"…한발 늦었군. 각성의 이유가 이런 일이었을 줄이야."

그때 문득 차분한 목소리가 들려왔다.

레이거스는 흠칫 놀랐다. 목소리의 주인이 다가오는 기척을 못 느꼈기 때문이 아니다. 그는 자신의 존재를 감추려고 하지 않았기 때문에 복도에서 울리는 발소리로 알 수 있었다.

레이거스를 놀라게 한 것은 그 목소리다.

'아테인?'

꿈에도 잊을 수 없는 남자의 목소리가 아닌가?

곧 한 남자가 모습을 드러냈다. 마법으로 뿔과 귀, 용마석을 감춰서 인간처럼 위장하고 있지만 레이거스는 그를 알아볼 수 있었다. 긴 검은 머리칼과 마치 옥을 다듬어놓은 듯 수려하지만 눈앞이 아니라 어딘가 먼 곳을 바라보고 있는 듯 공허해 보이는 얼굴을 지닌 그 남자는 아테인이었다.

"누구……?"

소녀가 고통으로 헐떡거리며 묻는다. 주저앉은 채로 고개를 들지만 눈동자의 초점이 맞지 않았다.

아테인이 말했다.

"오래전에 만난 적이 있었지. 아테인이다."

"용마왕……."

"지금은 그렇게 불리고 있다."

"…어떻, 게……?"

소녀의 물음은 의미가 불분명했다. 하지만 아테인은 그녀가 묻고자 하는 바를 알아들었다.

"그대의 일족에게 무슨 일이 일어났는지 들었다. 그 후로 그대가 각성하는 순간을 포착하기 위해서 탐지마법을 펼쳐두고 있었지."

"설마 전, 대륙, 에……?"

"그렇다."

"아하하, 당신, 정말로 어이, 없는 사람……."

"그런 소리를 자주 듣게 되더군."

아테인은 무심하게 말했다. 어딘가 멍해 보이는 표정에는 감정이 드러나지 않아서 무슨 생각을 하고 있는지 짐작이 가지 않는다.

아테인이 말했다.

"그래도 비술이 완전히 실패하지 않아서 다행이다. 그대가 각성하지 못하고 죽었다면 나도 찾을 수 없었을 테니까."

"왜……?"

"그대가 필요하기 때문이다."

아테인은 마력을 실은 손가락을 그녀의 이마에다 대며 그녀의 이름을, 지난 인생 동안 그녀 스스로도 알지 못했던 진정한 이름을 말했다.

"케이알리아."

2

〈…음?〉

레이거스는 놀라서 고개를 들었다.

아테인이 케이알리아의 이름을 부르는 순간 의식이 현실로 돌아왔다. 그는 자신이 용마궁의 차가운 복도를 걷고 있다는 사실을 깨달았다.

"왜 그러십니까?"

옆에서 걷고 있던 용마족 노인, 용마전쟁 당시 레이거스의 부관이었던 차네스가 의아해하며 물었다. 레이거스가 손을 들어 해골만이 남은 얼굴을 감쌌다.

〈내가 얼마 동안 넋 놓고 있었지?〉

"계속 저랑 걷고 계셨습니다만?"

차네스는 영문을 몰라 하는 얼굴이었다. 레이거스가 어이없어하며 말했다.

〈아무래도 백일몽을 꾼 모양이야.〉

"백일몽이라고요?"

〈이런 몸이 되다 보니 그런 일도 있는 모양이군. 그러니까…….〉

라고 말하는 순간 주변의 풍경이 캄캄하게 변했다. 아직도 꿈속인가 의심해 볼 만한 변화지만, 레이거스는 이번에는 현실에서 일어난 일임을 확신했다.

〈차네스가 당황할 텐데.〉

—당황하라죠.

케이알리아가 유령처럼 모습을 드러냈다. 그녀가 비탄의 미궁을 모방한 공간왜곡장으로 레이거스를 격려한 것이다.

〈심술궂군. 그나저나 조금 전의 그것은 뭐였지, 케이알리아?〉

―오빠가 내 꿈을 훔쳐본 거예요. 소녀의 프라이버시를 훔쳐보다니, 저질이에요.

〈억울하다. 난 그럴 마음이 눈곱만큼도 없었다만.〉

―고의든 아니었든 그럴 때는 닥치고 사과해야 하는 법이에요.

〈굉장히 억울하지만 그러도록 하지. 미안하다.〉

진정성이라고는 눈곱만큼도 느껴지지 않는 사과에 케이알리아가 코웃음을 쳤다.

―좋아요. 우리는 둘 다 위대한 어둠에 뿌리를 두고 있으니까요. 내가 오빠랑 계속 가까이 있다 보니 이런 식으로 연결되는 일도 일어나네요.

〈그랬군. 그럼 그건 네 기억인가?〉

―맞아요.

〈왕과 만날 때의 기억이었나 보군. 하지만 그건, 너는 분명히…….〉

용마족이 아니라 인간 소녀의 모습을 한 채로 죽어가고 있었다. 레이거스가 보기에는 마법으로 위장한 모습이 아니라 진짜 인간의 몸이었던 것 같았다.

―인간이었지요.

〈어떻게?〉

―그때까지는, 왕이 나를 찾아오는 순간까지는 인간이었으니까요.

〈…이해를 못하겠다만?〉

―내가 어떤 존재인지 알잖아요?

〈왕과 혼인하기 전까지는 일족의 장으로서, 비술로 매번 전생해 왔다는 것은 알지. 그 비술이 왕과 우리가, 정확히는 알마릭이 되살아날 수 있었던 핵심이고.〉

케이알리아의 일족은 폐쇄적인 자들이었다. 험지에 자신들만의 사회를 건설하고 천 년도 넘는 긴 세월 동안 그 안에서만 살아가고 있었다.

그 일족의 장은 전생의 비술이라 불리는, 사실상 수명을 초월해 불멸에 가까워질 수 있는 마법을 만들어낸 1세대 용마족이었다. 일족에게 신처럼 섬겨지는 그가 바로 케이알리아의 정체였다.

그는 자신의 수명이 다해간다고 느낄 때마다 의식을 치러서 자신의 후손으로 전생해 왔다. 하지만 태어난 후손 중에 누가 그인지 구분하기는 쉽지 않았다. 전생 후에 각성하려면 시간과 계기가 필요하기 때문이다.

―하지만 정말로 영원불멸을 보장한다고 여겼던 비술도 완벽하지 않았어요.

몇 번이나 전생을 거듭하는 동안 조금씩 문제들이 발생하기 시작했다.

기억이 누락되거나, 정신적인 문제가 생기거나, 혹은 저주에 가까운 병마에 시달려 수명이 짧아지거나…….

─영혼은 사람들이 생각하는 것 이상으로 육체의 영향을 많이 받아요. 긴 세월 동안 수십 번도 더 새로운 존재로 다시 태어날 때마다 최초의 존재가 지녔던 영혼의 성질은 열화되었어요. 그리고 조금씩 파탄이 일어나다가 내 대에 이르러 결정적인 문제가 발생했지요.

〈어떤 문제였지?〉

─내가 둘이 되었어요.

〈음?〉

─단 한 명만이 각성했어야 하는데, 각성한 사람이 둘이었어요.

형제자매 중에 둘이 완벽하게 동일한 순간에 각성했다.

케이알리아와 그녀의 쌍둥이오빠 케이디카.

일족이 절대적으로 믿어왔던 신성이 붕괴하는 순간이었다.

─일족은 나를 지지하는 쪽과 케이디카를 지지하는 쪽으로 나뉘어 싸웠어요. 그리고 나와 케이디카도 서로를 사랑하면서도 증오했지요.

각성하기 전 케이알리아와 케이디카는 더없이 서로를 사

랑하고 아끼는 쌍둥이 남매였다. 하지만 각성 후에는 더없이 서로를 증오하게 되었다.

다른 사람들의 영향이 아니다. 둘로 갈라진 영혼은, 자신의 유일함을 훼손당했다는 사실에 끔찍하게 고통받았던 것이다.

—본능적으로 알았지요. 그 고통에서 벗어나는 방법은 상대를 죽이고 유일한 존재가 되는 것뿐이라는걸.

둘은 일족을 둘로 갈라서 싸웠다. 그리고 공멸하고 말았다.

—최후의 순간이 오기 전에 나는 전생의 의식을 준비했어요. 하지만 불완전했지요. 완전한 의식을 준비할 만한 여유가 없었어요.

결국 까마득할 정도로 오랜 세월 동안 전생해 온 신적인 존재의 삶은 케이알리아와 케이디카의 대에서 막을 내렸다.

모두가 그렇게 생각했다. 하지만 아테인만은 그렇게 여기지 않았다.

—왕은 내가 준비한 의식이 불완전했을지언정 성공 가능성이 있다고 여겼어요.

그래서 그녀가 각성하는 순간을 포착하기 위해 전 대륙에 탐지마법을 깔아두는 터무니없는 짓을 저질렀다. 그것도 용마왕으로서 온 세상과 전쟁을 수행하는 와중에 말이다.

케이알리아는 그런 사실을 모르는 채 인간 소녀로 전생하여 살아갔다.

─저주받은 아이라며 괄시받다가 마지막에는…….

그녀의 입가에 씁쓸한 미소가 걸렸다.

믿었던 인간들이 그녀를 죽였다.

인간으로 전생한 그녀가 머물던 곳은 후방에 있던 마법사들을 양성하는 교육기관이 있는 도시였다. 마법사들은 비술을 전하는 데 있어 지독히도 폐쇄적이지만 용마왕군이라는 인류의 대적이 나타나자 이것저것 가릴 수가 없었던 것이다.

하지만 전황이 계속해서 악화되어 가다가 어느 순간 그들은 어디로 도망갈 새도 없이 포위당하고 말았다.

마법사가 많은 도시였던 만큼 강력하게 저항하면서 구원을 기다리기는 했지만… 며칠 동안 도시를 폐쇄하고 식수를 공급하는 강을 오염시키는 것만으로도 사람들은 절망에 빠져들었다.

여기만은 안전하다. 그런 얄팍한 믿음이 파괴되고 피할 수 없는 파멸이 닥쳐오자 인간들은 이성을 상실했다.

동문수학하던 마법사 청년들은 가족도 없고 그럴듯한 배경도 없었던 그녀를 약으로 제압하고 강제로 유린했다. 그리고 참혹하게도 그것이 그녀가 각성한 계기가 되었다.

〈음…….〉

레이거스는 난처한 듯 투구를 쓴 머리를 벅벅 긁었다. 그러다가 그 행위의 무의미함을 깨닫고는 멋쩍어하며 물었다.

〈왕과 만난 것이 인간으로서 죽음을 맞이할 때였다면, 그 후의 너는 어떻게 된 거지?〉

어떻게 위로해야 할지 모르겠으니 차라리 무시하는 쪽을 택한다. 그런 레이거스의 물음에 케이알리아는 풋 하고 웃음을 터뜨렸다.

〈뭐가 웃겨?〉

—그냥요. 오빠는 역시 귀여워요.

〈으음…….〉

레이거스가 케이알리아를 처음 만났을 때, 그녀는 이미 용마족 소녀였다.

죽은 뒤에 다시 전생했다고 하기에는 시간이 안 맞는다. 게다가 죽음을 앞둔 상황에서 전생했으니 의식을 준비하지도 못했을 것 아닌가?

—왕은 나를 설득하기 위해서 오래전부터 준비하고 있었어요.

〈왕이라면 그럴 수도 있지. 하지만 인간을 용마족으로 만드는 비술이 존재한단 말인가?〉

—아니에요. 그런 비술은 없어요. 내가 아는 한에는.

〈그럼?〉

—왕은 영혼을 잃은 그릇을 준비해 두었어요. 예전에 케이디카와의 싸움으로 죽음을 맞이했던 내 육체를 재생해서.

〈…….〉

―전생의 비술을 전수해 준다면, 자신이 그것을 개선해서 제 영혼을 이전의 육신으로 되돌려 주겠다는 것이 왕의 제안이었지요.

〈그야말로 죽은 자를 되살리는 비술이군?〉

―그렇지요. 그것도 아주 오래전에 죽은 존재를……

〈잠깐.〉

레이거스가 고개를 갸웃했다.

〈하지만 전에 너는 분명히… 일족의 율법 때문에 비술의 알맹이를 거래하려면 부부지연을 맺는 정도는 되어야 했다고 하지 않았나? 그래서 왕이 네게 청혼했다고…….〉

―맞아요.

〈앞뒤가 안 맞잖아?〉

―내가 곧 일족이고 내가 곧 법인걸요. 그래서 즉석에서 지어낸 율법을 핑계로 왕이 청혼하게 만들었지요.

〈…….〉

레이거스가 멍청하니 그녀를 바라보았다.

―죽어가는 사람을 앞에 두고 자기가 생각하는 이상사회가 어떤 것이고 그걸 건설하기 위해서는 내 비술이 필요하니 살아서 자신과 함께해 줬으면 좋겠다고 열심히 설득하는 왕이 너무 사랑스러워서, 기왕 다시 살 거라면 이 사람을 붙잡고 싶다고 생각했어요.

〈…하아.〉

레이거스는 맥 빠진 듯 어깨를 축 늘어뜨렸다.

케이알리아는 꿈꾸는 눈빛으로 허공을 바라보며 말했다.

─그 후의 이야기는, 오빠도 알고 있는대로예요.

인간 소녀로 살아가는 동안 인간에게 절망했던 케이알리아는 아테인의 제안을 받아들였다. 그리고 일족에게 돌아가 뿔뿔이 흩어진 그들을 다시 규합했다.

죽은 줄 알았던, 아니, 분명히 그들의 눈앞에서 한 번 죽었던 일족의 장이 부활해서 돌아왔다. 그들은 신의 재림을 본 것처럼 황송해하며 용마왕군에 합류했다.

─내 생각에 아마 알마릭 공을 되살렸고, 왕의 육체를 복원하고 있는 비술이, 왕이 내 육체를 되살렸을 때 썼던 그 비술일 거예요. 그때도 많은 시간이 걸렸다고 했지요. 하물며 흔적도 남지 않았던 몸을 완전히 다른 장소에서 복원하는 게 쉬울 리가 없어요.

〈하지만 전생의 비술을 전수받은 아테인이 왜 굳이 그런 방식으로 부활하려고 하는지는 모르겠다는 거군.〉

─네.

〈뭐 왕이야 예전부터 속을 알 수 없는 편이었지. 분명히 그럴 만한 이유가 있지 않았을까?〉

─뭐든지 너무 장대하게 생각하고 행동해서 바로 옆에서 보면서도 이해할 수가 없었지요. 아마 이 일도 그럴 거라고 생각은 하지만……

케이알리아는 그래도 납득이 안 간다는 듯 고개를 갸웃하고 있었다.

그녀를 가만히 바라보던 레이거스가 물었다.

〈그럼 아젤이랑은 어떤 사이였지?〉

─그건…….

그 말에 케이알리아는 참으로 복잡한 미소를 지어 보이더니 말했다.

─사람들에게 죽을 뻔한 나를 구해주고, 자기 자신을 좀 더 소중히 하며 살아도 된다고 말해준 사람이에요.

그녀는 옛일을 떠올리며 눈을 감았다.

3

용마기는 장시간에 걸쳐 생성된다. 그것은 세상에서 하나뿐인 도구를 공들여서 만들어 나가는 과정이다.

그러나 용혼은 각성하는 것이다.

장기간의 작업은 필요 없다. 그저 할 수 있느냐 없느냐의 문제일 뿐이다.

용혼을 각성하는 과정은 자기 자신과의 대화다.

개개인의 용마력에 깃들어 있는 본질, 의념만으로 현상을 강제하는 힘은 용에게서 비롯된 것이다. 인간의 지혜와 자연을 다스리는 용이 힘이 하나가 되어 강력함과 다양성을 동시에 갖춘 용마력이 되었다.

용혼의 비술을 터득한 타인이 용마력의 근본이라고 할 수 있는 용의 의지를 일깨워 준다.

그러면 숨을 쉬는 것처럼, 자신의 수족을 움직이는 것처럼 본능적으로 움직일 수 있었던 용마력이 통제에서 벗어난다. 독자적인 의지를 갖고 몸부림치는 것이다.

그때부터 진정한 대화가 시작된다.

자신의 분신이자 영혼의 맹우라고 할 수 있는 존재가 탄생하기까지, 용마력의 주인은 목숨을 걸고 대화를 시도해야 한다. 자신의 의념과 용마력을 통제하는 기술, 그리고 체력까지 모든 것을 다해서 그것이 자신과 소통 가능한 존재가 될 수 있도록 이끄는 것이다.

그로써 용마력은 의지를 가진 존재, 용혼이 된다.

후우우우우……!

일대에 광풍이 휘몰아치고 있었다. 나무들이 부러질 듯 흔들리고 나뭇잎과 수풀이 하늘을 날아다니는 가운데, 그 속에 서 있는 레슈의 청백색 머리칼이 미친 듯이 휘날린다.

"슬슬 잠재우지 않으면 금방 탈진하고 말 거야."

"알고 있다."

대답한 것은 카이렌이었다. 이 광풍 속에서도 그의 흑발은 차분했다. 비현실적이기까지 한 광경이었지만 이유는 분명하다.

이 광풍을 일으킨 것이 그이기 때문이다.

마치 태풍의 눈처럼, 그가 있는 곳만이 광풍에서 벗어나 있다. 그리고 그 중심부에는 녹색 빛의 용이 꿈틀거리고 있었다.

"이런 기분이었군."

카이렌이 중얼거렸다.

용혼을 각성했다.

느껴진다. 영맥을 흐르는 용마력이 의지를 갖고 꿈틀거리는 것이.

미지의 존재가 자신의 안에서 탄생했다. 마치 오랜만에 거울을 들여다보는 것 같은 감각이다. 거울에 비친 자신의 모습은 지독히도 익숙하면서 동시에 낯설었다.

카이렌의 용혼은 폭풍용을 연상케 하는 힘을 갖고 있었다. 본래 그는 특정 속성의 힘을 다루는 능력은 갖지 않았지만, 새로 얻은 능력을 통제하는 데 난항을 겪지 않는다. 용령기로 다양한 속성의 힘을 다루는 데 익숙하기 때문이다.

광풍이 잠잠해지자 레슈가 씩 웃었다.

"레티시아보다 많이 늦을 줄 알았는데 이틀밖에 안 늦을 줄은 몰랐어."

"왜 그렇게 생각했지?"

레티시아는 이틀 전에 용혼을 각성했다. 카이렌은 그녀보다 뒤쳐졌다는 사실에 분해하며 자신을 한계까지 몰아붙였고

오늘 마침내 각성하는 데 성공한 것이다.

레슈가 대답했다.

"너는 자신의 본질을 모르니까."

"본질?"

"레티시아의 본질은 서리용이지. 레티시아가 그 사실을 지식으로서 알고 있는 것은 아니야. 하지만 용령기와 상관없이 냉기를 다루는 능력을 갖고 있는 시점에서, 본능적으로 자신의 존재가 어디서 기인했는지를 알고 있었던 셈이지."

"아, 그런 의미로군."

카이렌은 레슈가 말하고자 하는 바를 알아들었다.

용마족이나 용마인에게는 당연하게도 기원이 되는 용이 있다.

그들의 조상인 1세대 용마족은 용과 마족이 융합하여 탄생한 것이다. 그리고 이때 융합한 용이 바로 그들의 본질이다.

카이렌의 경우는 폭풍용이었던 셈이다. 하지만 용혼을 각성하기 전까지 그는 그 사실을 모르고 있었다.

문득 카이렌이 물었다.

"레슈, 당신은 레티시아의 과거를 알고 있겠지?"

"알지. 왜?"

"좀 이상해서."

"뭐가?"

"당신 말대로라면 레티시아의 본질은 알마릭 아닌가? 그런데 왜 서리용이지?"

알마릭의 용마기 폭풍의 비명은 뇌격을 지배하는 힘을 지녔다. 냉기와는 거리가 멀지 않은가?

레슈가 쓴웃음을 지었다.

"레티시아의 경우는 탄생 과정이 특수했으니까. 세대를 거치면서 다양한 피가 섞이잖아? 그중에 어느 게 자신의 본질이 될지는 알 수 없지."

"그런 건가. 하긴 용마인이니⋯⋯."

"카이렌 네 부모는 어땠지?"

"글쎄. 두 분 다 용마족이시긴 했지만 그분들이 어떤 능력을 지녔었는지는 모른다."

"사연이 있는 모양이군. 부모 양쪽이 다 용마족이라니 인간 사회에서는 보기 드문 사례이기는 하네."

"그렇지. 용마전쟁이 끝난 후로 용마족에게는 그리 많은 세대가 지나지 않아서 가능한 일이기도 하고."

인간 사회의 일원으로 살아가는 용마족의 수는 얼마 되지 않는다. 그러니 용마족끼리 맺어지는 일은 의외로 드물고 오히려 용마인이나 인간과 결합하는 경우가 일반적이다.

하지만 용마족의 피는 인간의 피보다 진하다.

용마족과 인간이 결합하면 그 자손은 용마인이다. 그리고 용마인과 용마인이 결합해도, 용마인과 인간이 결합해도 그 자손은 용마인이다.

용마인이 대를 이어가면서 계속 인간과 결합한다고 해도, 완전히 그 피가 흐려져서 인간 자손이 태어나기까지는 꽤 시간이 걸린다.

그리고 용마족과 용마인이 결합할 경우에는 용마족이 나온다.

용마인 쪽의 성별이나 피가 얼마나 짙은가는 상관없다. 용마인이기만 하면 된다. 용마족과 용마인이 결합하면 무조건 용마족 자손이 태어난다.

그렇기에 세상에 1세대 용마족이 넘쳐나는 것이 아닌데도 그토록 많은 용마족이 있을 수 있는 것이다.

문득 레슈가 말했다.

"하지만 그래도 이때 각성했다는 건 좀 놀라워. 걱정되지 않아? 마음의 동요가 위험하게 작용할 수도 있어서 결과를 기다린 후에 하자고 한 건데."

"나도 똑같이 묻고 싶군. 걱정되지 않나?"

"걱정이야 되지만 스스로 선택한 싸움이니까. 그 결과가 어떻게 나오건 받아들일 뿐이지."

"흠……."

역시 레티시아의 스승답다는 생각이 들었다. 겉으로만 보면 다정다감해 보이지만 누군가의 생사에 관련된 부분은 소름 끼칠 정도로 차갑게 받아들인다.

카이렌은 용혼을 잠재우고는 고개를 돌려 먼 곳을 바라보왔다.

광풍이 잦아든 지금, 저편에서 울려 퍼지는 굉음이 아득하게 들려온다. 수 킬로미터도 넘게 떨어져 있는데도 그곳에서 격렬한 싸움이 일어나고 있다는 것을 알 수 있었다.

"동료가 목숨을 걸고 도전하고 있으니까 나도 질 수 없다는 기분이 강해지더군. 그래서 한 거다."

"정말 지기 싫어하는군."

레슈가 재미있다는 듯 웃었다.

멀리서 싸우고 있는 것은 레티시아다.

이틀 전, 용혼을 완성한 그녀는 아발탄에게 허가를 받고 용살의 의식에 도전했다.

알마릭과의 싸움에서 힘이 부족함을 뼈저리게 통감했기 때문이었다. 용혼을 얻기는 했지만 앞으로의 싸움을 위해서는 더 큰 힘이 필요하다.

"여기서 죽을 거라면 어차피 앞으로의 싸움에서도 마찬가지니까."

그녀는 그렇게 말하면서 용살의 의식에 도전할 것을 결의했다.

'그런 말을 하고 나서 실패해서 죽는 바보 같은 여자는 아니라고 믿겠다, 레티시아.'

카이렌은 말없이 응원의 마음을 보냈다.

4

레티시아는 서서히 잦아드는 빛 속에서 눈을 떴다.

용살의 의식은 그녀의 승리로 끝났다. 패배한 서리용은 승자인 그녀에게 모든 것을 헌납했다.

몇 시간 동안이나 사투를 벌인 레티시아는 한계에 도달했었다. 하지만 지금은 놀랍도록 전신에 활력이 가득하다.

그뿐만이 아니라. 자신의 안에서 힘이, 아직 완전히 자신의 것으로 소화하지 못한 거대한 힘이 자리 잡은 것을 느낄 수 있었다.

"이런 기분이었군."

레티시아가 중얼거렸다.

아무리 들어도 막연하기만 했던 아젤의 설명을 비로소 이해할 수 있었다. 이 힘을 소화해 낸다면, 그리고 똑같은 과정을 반복한다면 분명 알마릭조차도 능가할 수 있을 것이다.

짝짝짝짝짝…….

그 기분을 음미하고 있던 레티시아의 귀에 적막을 깨는 박수 소리가 들려왔다.

"축하해."

아젤이었다. 그가 용살의 의식에 참관인으로 입회했던 것이다.

레티시아가 말했다.

"이걸로 준비가 끝난 것 같군. 시간을 두고 한 번 더 용살의 의식에 도전해 보는 것도 좋겠지만, 그럴 만한 여유는 없겠지?"

"아마도."

이곳에 있는 동안은 아무래도 외부의 정보를 입수하기 어렵다. 아발탄은 어느 정도 대륙 정세를 살피고 있는 모양이지만 일행에게 친절하게 전달해 줄 의향은 없는 것 같았다.

하지만 정보가 없더라도 계속 수련에 매진할 만큼 한가한 상황이 아니라는 것쯤은 알 수 있다. 수호그림자의 수뇌부인 예언지킴이가 전멸한 지금, 어둠의 설원은 한층 활개치고 있으리라.

그것을 알면서도 지금까지 머물렀던 것은 앞으로의 싸움을 위해 용혼이 꼭 필요하다고 생각했기 때문이었다. 이제 카이렌과 레티시아가 용혼을 얻은 이상 이곳에 머무르는 시간은 끝이다.

문득 레티시아가 물었다.

"망설임은 정리했나?"

"글쎄."

아젤이 쓴웃음을 지었다.

레슈가 아테인과 손잡았다는 사실은 아직 동료들에게 이

야기하지 않았다. 레슈에게 용혼을 배우는 그들의 집중력을 흐트러뜨릴 수 없었기 때문이다.

하지만 레티시아는 아젤의 태도에서 망설임을 읽어냈다. 그것은 아젤이 레슈에게 품은 것과는 다른 감정이었다.

아젤이 먼 곳을 보며 중얼거렸다.

"많은 것이 변했지. 아주 많은 것이……."

시선이 향한 곳은 영봉 라우스가 있는 곳이다.

서로를 위해서라면 목숨조차 아깝지 않았던 옛 친우, 칼로스가 있는 곳.

비록 살아 있다고는 말할 수 없지만, 그가 여전히 이 세상에 존재하며 자신을 기다려 준다는 사실은 감동적이기까지 했다. 그러나 동시에 그가 긴 세월 동안 어떤 풍파를 겪고 어떻게 변화했을지를 마주할 것이 두려웠다.

분명 그 변화의 충격은 레슈를 만났을 때와는 비교도 할 수 없을 정도로 크리라. 그 점을 직감했기에 아젤은 이곳에서 시간을 보내게 된 것을 다행스럽게 여기고 있었다.

하지만 이제는 그것도 끝이다. 반드시 만나고 싶었던, 동시에 절대로 만나기 싫었던 현실과 부딪쳐야 한다.

아젤이 말했다.

"늘 그랬지. 내가 준비되어 있는지 아닌지는 중요하지 않아. 해야 한다면, 맞설 뿐이야."

"난 그렇지 않다고 생각하는데."

"무슨 뜻이지?"

레티시아의 지적에 아젤이 의아해했다. 그녀가 말했다.

"칼로스라는 양반이 당신에게 정말로 소중한 친구였다면, 지금까지 온갖 고통을 감내하면서 당신을 기다려 준 그에게 예우를 다해야 하지 않을까? 내 생각에 각오조차 다지지 않은 채로 그의 앞에 서는 것은 실례 같군."

"……."

아젤은 한 방 얻어맞은 듯 멍청한 표정을 지었다.

한참 동안 말문이 막혔던 아젤의 입가가 뒤틀린다. 곧 후련한 웃음이 떠올랐다.

"당신 말이 맞아. 정말로 그렇군."

칼로스는 자신에게 너무 많은 것을 해주었다. 자신의 삶이 끝난 후에도 먼 훗날에 부활할 아젤을 걱정하며 수많은 안배를 남겨두지 않았던가?

그러니 칼로스가 어떻게 변화했든 정면으로 마주하는 것이 아젤의 의무이리라.

"고맙다."

"이걸로 그동안 배운 빚은 갚은 걸로 해두지."

레티시아는 흥 하고 코웃음을 치고는 그 자리를 떠나갔다.

5

아젤 일행이 영봉 라우스로 출발한 것은 레티시아가 용살의 의식을 치른 지 사흘이 지난 후였다.

그동안 레티시아는 용살의 의식으로 거둬들인 힘을 어느 정도 수습할 수 있게 되었고, 카이렌과 함께 용혼의 기초적인 응용 기술을 터득했다.

떠나는 날 새벽, 동이 트기도 전에 레티시아는 배웅을 나오지 않겠다고 말한 레슈를 찾아갔다.

"웬일이야?"

레슈는 마치 그녀가 찾아올 것을 알고 있었던 것처럼 물었다. 레시티아는 한참 동안 말없이 그를 바라보다가 말했다.

"아젤에게 들었어."

"무엇을?"

"네가 우리의 적이 될 수도 있다는 것."

"역시 말했나?"

레슈가 쓴웃음을 지었다.

아젤이 그 사실을 동료들에게 끝까지 감춰 둘 거라고는 생각하지 않았다. 비밀로 감춰 둬야 좋은 사실이 있는가 하면 그렇지 않은 사실도 있게 마련이니까.

동료들이, 특히 레티시아가 충격을 받을 것을 알면서도 아젤은 사실을 이야기했다. 훗날 레슈와 적으로 만나게 된다면, 그때서야 알고 충격을 받기보다는 미리 알고 마음의 대비를 해두는 편이 나았다.

레티시아가 말했다.

"아젤과 서로 전력을 보이지 않은 것도 그래서였나?"

"그래."

아발탄의 숲에 머무르는 동안 아젤도, 레슈도 서로에게 실력을 보이지 않았다. 심지어 아젤이 라우라 앞에서 마력을 개방했을 때도 충분히 여력을 남긴 채로 중단하지 않았던가?

레슈가 물었다.

"나를 원망해?"

"우리는 아직까지는 적이 아니지. 아직까지는……."

레티시아의 눈빛은 차가웠다. 하지만 레슈는 그녀의 눈 깊숙한 곳에 어려 있는 복잡한 감정을 읽었다.

그녀가 말했다.

"그리고 만약 적으로 만나는 때가 온다고 원망하지 않아. 예나 지금이나 네게는 감사할 따름이니까."

"레티시아."

"한 가지만 말해두지."

레티시아는 손을 들어 레슈의 말을 제지하며 할 말을 했다.

"그때가 되면, 네 목숨은 내가 거둘 거야."

"……."

"아젤과의 인연도 깊은 것 같지만 양보하지는 않겠어. 내가 죽든 네가 죽든, 반드시 결말을 짓도록 하지."

레티시아는 서슬 퍼런 결의를 보였다. 그녀의 눈을 가만히 마주 보던 레슈가 빙긋 웃으며 말했다.

"난 너를 그런 식으로 가르친 적이 없는데?"

"네 가르침대로라면 난 둘만의 승부에 집착하는 게 아니라 기꺼이 동료들의 도움을 받아서 무조건적인 승리를 취해야겠지."

레티시아는 어떤 상황이 닥치든 빠르게 우선순위를 정하고 움직였다. 감정에 휘둘리지 않음으로써 혼란을 최소화한다. 레슈에게 가르침 받은 그 원칙이 그녀가 어둠의 설원과 싸우면서 살아남은 비결이었다.

하지만 지금의 동료들을 만난 후로는 좀 변했다. 그저 스스로의 안위를 보전하면서 내일도, 모레도 계속 싸워 나가는 것보다 더 중시하는 것이 생겼다.

"…아마 난 기꺼이 그렇게 할 거야. 비겁하다고 생각하면서도 적인 너를 끝장낼 최선의 방법을 찾겠지."

레티시아는 부정하지 않았다. 레슈와 결판을 내는 것은 자신의 몫이다. 하지만 그런다고 해서 다른 누군가의 힘을 빌리는 것을 주저하지는 않으리라.

알기 때문이다. 일대일로는 죽었다 깨어나도 레슈에게 이길 수 없다는 것을.

레슈가 말했다.

"열심히 가르친 보람이 있군."

"넌 못된 스승이야."

"어째서?"

"자기는 그렇게 하지 않을 거면서 제자에게는 그렇게 하라고 가르쳤으니까."

"……"

레티시아는 레슈의 성격을 잘 안다. 레슈는 레티시아에게 어떤 상황에서도 생존과 승리를 우선하는 원칙을 각인시켰다.

그러나 레슈 자신은 전혀 다른 원칙대로 움직였다.

레슈가 어깨를 으쓱했다.

"그 점은 할 말이 없네."

"적이 된다면, 적어도 내가 모르는 곳에서 아무한테나 죽지는 마."

"노력해 보지."

"그럼."

할 말을 마친 레티시아는 망설임없이 몸을 돌렸다. 자신에게서 멀어져 가는 그녀를 바라보던 레슈가 문득 그녀를 불렀다.

"레티시아!"

레티시아가 멈춰 섰다. 하지만 돌아보지는 않았다.

"다시 만나서 기뻤어."

"…흥."

레티시아는 코웃음을 치고는 다시 멀어져 갔다. 하지만 그녀의 표정은 고통으로 일그러져 있었다.

6

영봉 라우스까지는 먼 길이었다.

아발탄 숲 자체가 워낙 광활한데다가 아티산 산맥은 어둠의 설원과 아발탄 숲을 갈라놓는 천혜의 장벽이라 불리는 곳이다. 거대하고 험난했으며 온갖 위험이 도사리고 있었다.

떠나는 날, 자신에게 인사하러 찾아온 아젤에게 아발탄이 물었다.

"너는 묻지 않는구나."

"무엇을 말입니까?"

"칼로스와 내가 무엇을 거래했는지."

칼로스는 아발탄에게 막대한 가치의 비술을 전수하고 그 대가로 아젤 일행이 용혼을 터득할 수 있도록 안배했다. 누구의 발길도 닿지 않는 광활한 험지에 은거하는 와중에도 그는 자신의 시대에 마무리 짓지 못한 싸움을, 그리고 미래에 깨어날 아젤을 위해 행동한 것이다.

아젤 역시 그 거래의 내용이 궁금했다.

용혼은 놀라운 비술이다. 특히 어둠의 설원의 수작으로 인해 용살의 의식조차 잊힌 이 시대에는 더더욱 어마어마한 가치를 지녔다.

전력을 강화할 필요가 절실했던 일행에게 그것은 가뭄의 단비였다. 아젤이 용마기를 전수해 줬어도 되었겠지만 그것은 아젤의 전력을 깎아내야만 가능한 일이니까.

　칼로스는 과연 이 모든 일을 예상했던 것일까? 아니면…….

　'아니, 그저 할 수 있는 모든 일을 다 했을 뿐이겠지.'

　용마전쟁 때 그랬던 것처럼.

　칼로스에게 전설 속의 현자처럼 미래를 내다보는 재주는 없었다. 그저 자신이 생각해 낼 수 있는 모든 방법으로 미래를 대비하고자 했으리라. 아마도 아젤이 알게 된 것 말고도 수많은 안배가 있었을 것이고 그중 몇 가지만이 운 좋게 전해진 것일 터였다.

　"궁금합니다. 하지만 그것도 그 녀석에게 들으면 되겠지요."

　"마음은 정리한 모양이군."

　"친구에게 예의는 다해야 할 것 아니냐고 충고해 준 여자가 있어서요."

　아젤은 레티시아의 말을 상기하며 쓴웃음을 지었다.

　아발탄이 말했다.

　"칼로스가 내게 전해준 비술은 저주다."

　"저주?"

　아젤이 눈을 크게 떴다. 생각지도 못한 이야기였기 때문이다.

아발탄이 손을 들어 아젤을 가리켰다.

"아테인이 네게 걸었던 저주."

"어째서 그걸……."

"왜 아테인이 네게 저주를 걸었는지, 그 이유를 생각해 본 적이 있느냐?"

"자기의 야망을 막고, 목숨까지 빼앗은 자에게 복수하기 위해서겠지요."

"네가 본 아테인은 그런 이유로 움직이는 자였더냐?"

"……."

가장 명쾌한 해답이 부정당한다. 웃기지도 않는 소리로 치부할 수도 있겠지만, 문제는 아젤도 공감한다는 데 있었다.

아발탄은 혼란스러워하는 아젤의 반응을 즐기며 말했다.

"칼로스는 긴 세월 동안 골몰한 끝에 그 이유를 알아냈다. 그리고 자신이 해석한 저주를 내게 전한 것이다."

"그 이유가 뭡니까?"

"칼로스에게 듣도록 해라. 난 오랜만에 만난 친구와 나눌 화제를 제공한 것으로 충분할 것 같군."

"하여튼 심술궂으시군요."

"늙은이의 낙이 그런 것 아니겠는가?"

한숨 섞인 아젤의 말에 아발탄이 능글맞게 웃었다. 용이라고는 믿을 수 없을 정도로 표정이 풍부한 그의 얼굴을 바라보던 아젤이 고개를 숙였다.

"신세 많이 졌습니다. 그럼……."

"살아서 답을 구하게 된다면, 다시 찾아와서 들려주게."

"어떤 답을 말입니까?"

"그게 뭔지 알아내는 것까지 포함해서."

"마음이 내키면 그러도록 하지요."

심술궂기 짝이 없는 아발탄의 말에 아젤은 콧방귀를 뀌었다.

7

아젤 일행은 빠르게 움직였다.

이틀간은 천천히 여력을 남기고 이동했다. 하지만 사흘째 되는 날부터는 질풍처럼 내달려서 아티산 산맥으로 들어섰다.

"으, 여기도 장난 아닌데?"

상공으로 날아올랐다가 난기류에 휘말린 유렌이 팔을 끌어안고 덜덜 떨었다.

어둠의 설원과 가까워져서 그럴까? 아티산 산맥은 기온이 상당히 차갑고 바람도 매서웠다. 유렌조차도 일정 고도 이상으로는 비행이 힘들 정도였다.

"편하게 가기는 틀렸어. 그냥 지형 따라서 가야 할 것 같은데."

아티산 산맥에는 사람이 다닐 만한 길이 거의 보이지 않았다. 일행이 초인적인 능력의 소유자들이 아니었다면 하루 종일 끙끙거리고도 초입 부분조차 넘지 못했을 것이다.

아젤이 말했다.

"이쯤 되지 않으면 어둠의 설원과 아발탄 숲을 가로막는 천혜의 방벽은 될 수 없지."

아티산 산맥은 그 거대함과 험난함 때문에 인간의 발길을 거부하는 곳이다. 알려진 바에 따르면 혹독한 환경에 적응한 위험한 존재들이 즐비하다고 한다.

라우라가 물었다.

"전에 와봤어?"

"아니."

"…그러면서 무슨."

"그만큼 정신 바짝 차리라는 소리야. 아발탄 숲이야 내가 대략적으로라도 어떻게 대비하면 될지 말해줄 수 있었지만 여긴 그렇지도 않으니까… 아, 잠깐."

그렇게 말하던 아젤은 문득 한 가지 생각을 떠올렸다.

"라우라, 너는 와봤어?"

"응."

"……."

아젤의 표정이 참 볼만해졌다. 동료들이 키득키득 웃자 그가 헛기침을 했다.

"흠흠. 진작 말해주지 그랬어."

"내가 말하기 전에 당신이 아는 척하면서 나서길래. 늘 당신 말이 최우선이었으니까."

할 말이 없었다.

아젤이 얌전히 고개를 숙였다.

"경험자의 조언을 부탁드립니다."

"나도 이 지점은 잘 몰라."

"……."

"정찰과 훈련의 일환으로 꽤 깊숙이 들어와 보기는 했어. 하지만 여기까지 넘어오진 않았어."

하긴 아티산 산맥은 보통 광활한 게 아니다. 어둠의 설원 쪽에서 진입해서 꽤 깊숙이 들어왔다고 해도 상당한 거리가 있으리라.

아젤이 물었다.

"식량은 충분할까?"

"괜찮을 거라고 생각해. 짐승이 눈에 띄면 미리미리 잡아두면 될 거야."

"흠……."

시기는 7월, 계절이 여름이라 기후는 그리 춥지 않았다. 하지만 아티산 산맥은 아발탄 숲보다 확연히 기온이 낮다. 그리고 깊숙이 들어가면 들어갈수록 심해질 것이다.

카이렌이 말했다.

"길잡이가 있다는 게 다행이군."

"그러게요."

아발탄 숲으로 올 때 같이 왔던 수호그림자들은 지금도 여전히 일행을 따르고 있었다.

그들이 앞장서서 일행을 인도한다. 일행으로서는 정말 다행스러운 일이었다.

유렌이 주변을 둘러보며 말했다.

"수가 점점 늘어나고 있는데?"

그의 말대로 수호그림자의 수가 점점 늘어나고 있었다.

지형이 워낙 험해서 육안으로 일정한 수 이상을 확인하기는 어렵다. 하지만 노골적으로 존재를 드러내고 있어서 일행 모두가 그들이 불어나고 있다는 사실을 알 수 있었다.

곧 먼 곳에서 전투의 소리가 울리기 시작했다.

우오오오오……!

콰르릉, 콰앙……!

뭔가가 사납게 울부짖는 소리, 굉음과 폭음이 뒤섞여서 메아리친다.

일행은 수호그림자가 전투를 벌이고 있다는 사실을 알아차렸다. 카이렌이 눈살을 찌푸렸다.

"우리를 위해 위험요소를 치워주고 있는 건가?"

"그런 것 같군요."

아젤은 어느새 수호그림자의 수가 최저 500을 넘었다는 사실을 알아차렸다.

"얼마나 위험한 동네인지 모르겠지만 용을 건드리지 않는 한은 걱정할 필요가 없을 것 같습니다."

"그래도 서두를 필요가 있지."

카이렌이 지적했다. 자연스럽게 모두들 라우라를 바라보았다.

용마기 비탄의 잔이 문제다. 적들은 비탄의 잔의 위치를 추적할 수 있다.

아발탄 숲에 머무르는 동안에는 상관없지만, 이곳으로 움직이기 시작한 시점에서 적들도 그 사실을 알아차렸을 것이다. 운이 좋다면 어둠의 설원으로 들어올 것으로 예상하고 방어진을 구축할 것이고 운이 나쁘다면⋯⋯.

"알마릭과 레이거스가 정예부대를 이끌고 와서 우리를 치겠지."

"전 후자에 걸겠습니다. 이미 움직였을 가능성이 높죠."

일행이 아발탄 숲에서부터 서둘러 움직였던 이유가 그것이었다.

칼로스의 은거지가 영봉 라우스라는 것은 안다. 그리고 라우스는 아발탄 숲보다는 어둠의 설원 쪽에 좀 더 가깝다.

운 나쁘면 적들이 먼저 그 지점을 가로질러서 자신들을 가로막을 수도 있다. 그런 사태는 피해야 했다.

'칼로스를 만난 후도 문제지만······.'

칼로스가 어떤 상태일지, 그리고 그와 만나서 무엇을 할지 전혀 예상할 수가 없었다.

칼로스의 은거지에 있는 동안에 적들이 공격해 온다면 어떻게 대응해야 할까? 과연 그곳은 방어하면서 버티기에 적합한 구조로 되어 있을까?

정보가 너무 부족하다. 수호그림자들과 대화를 시도해 보아도 얻을 수 있는 것이 없었다. 애당초 그들의 설명 능력이 너무 부족하기도 하고 아는 것도 별로 없는 것 같았다.

'일단은 가보는 수밖에 없군.'

아젤은 체념할 수밖에 없었다.

다행스러운 점은 길을 인도하는 수호그림자들의 속도가 무척 빠르다는 점이다. 지형을 가리지 않는 그들의 이동속도는 장기적으로는 아젤 일행보다도 더 빨랐다.

일행은 적당한 장소를 발견할 때마다 서너 시간씩 휴식을 취하는 것 외에는 낮과 밤을 가리지 않고 이동했다. 전투적인 부분을 수호그림자들이 책임지고 있기 때문에 가능한 일이었다.

"슬슬 2천은 넘어가는 것 같은데?"

높은 곳에 올라선 카이렌이 당혹스러워하며 말했다. 아젤이 장난스럽게 물었다.

"정확한 수를 가늠해 보시죠."

"호오, 오랜만에 선생 노릇을 해보겠다 이거군. 좋아. 기꺼이 응하지."

"레티시아, 당신도 해보는 게 어때?"

"학생들끼리의 경쟁인가? 흠."

레티시아도 응했다. 둘은 눈을 감고는 경쟁적으로 감각을 확장시켜서 수호그림자의 수를 헤아리기 시작했다.

라우라가 말했다.

"비효율적이야. 그들의 수는… 읍."

대뜸 탐지마법을 펼치고, 마법으로 수를 파악한 라우라가 답을 말을 말하려다 제지당했다. 아젤이 손으로 그녀의 입을 막아버린 것이다.

"……."

입을 막힌 라우라가 뾰로통한 표정으로 아젤을 노려보았다. 아젤이 웃기만 하자 손을 들어서 그의 손등을 꼬집었다.

"실례야."

"사과하지."

아젤은 능글맞게 고개를 숙여 보였다. 라우라는 홍 하고 코웃음을 쳤다.

곧 레티시아가 눈을 뜨고 말했다.

"이 시점에서 2,630개체쯤이군. 조금씩 더 늘어나고 있고."

"벌써 다 셌다고?"

카이렌이 당황했다. 그는 대충 반 정도를 헤아린 참이었다.

아젤이 씩 웃으며 말했다.

"정답이야. 역시 이런 건 레티시아가 잘하는군요."

"이럴 리가. 사람 수 세는 건 자신 있는 종목인데……."

카이렌의 표정이 일그러졌다.

기사이며 대영주로서 살아온 그는 사람 수를 헤아리는 데 능숙했다. 많은 병력을 지휘해 온 경험이 풍부하니 당연했다. 그런데 레티시아가 자기보다 훨씬 빠르게 수를 세다니?

아젤이 말했다.

"예상한 결과입니다."

"어째서지?"

카이렌이 납득할 수 없다는 듯 물었다. 아젤이 설명했다.

"공작님께서는 분신술에 능하지 못하지만 레티시아는 아니죠. 그 차이입니다."

"여러 가지 작업을 동시에 하는 능력인가?"

"그렇습니다."

분신술의 적성은 한꺼번에 여러 가지 작업을 할 수 있느냐 아니냐로 결정된다.

카이렌도 분신술을 쓸 수는 있다. 하지만 그의 분신은 아주 짧은 순간 동안 상대를 현혹시키는 게 고작이다.

진짜 같은 존재감을 발하면서 움직이지 않기 때문이다.

아젤은 분신술에 대해서는 극의에 이른 인물이다. 그는 다

수의 분신을 진짜처럼 보이게 구현하는 것은 물론, 그것을 장시간 유지하고 자유자재로 그 형태를 변화하게 할 수도 있었다.

그 정도 수준에 이르러야 그림자의 춤, 즉 용령기에서는 인카네이션이라 불리는 실체를 갖는 분신에 도달할 수 있다.

이것은 단순히 기술 수준이 높다고 해서 할 수 있는 일이 아니다. 적성에 크게 좌우된다.

스피릿 오더나 용령기 수련자는 보통 두 가지 타입으로 나뉜다. 한 가지 일을 빠르게 처리할 수 있는 타입과 여러 개의 일을 동시에 처리할 수 있는 타입.

전자에 속하는 카이렌은 단기적으로 놀라운 정밀도를 발휘하거나 폭발적인 위력을 내는 데 능하다.

후자에 속하는 레티시아는 여러 속성의 힘을 동시에 발해서 엮는 방식으로 분신술을 비롯한 고도의 기술을 쓸 수 있었다.

문득 카이렌이 말했다.

"그럼 레슈는 분신술에는 별로 조예가 없는 건가?"

"제가 아는 한에는 그렇습니다. 현재도 별로 다를 것 같지는 않군요."

레티시아를 보면 알 수 있다. 그녀는 레슈에게 분신술에 대해서는 거의 배운 바가 없었다. 그녀가 구사하던 분신술은 어둠의 설원에서 알마릭 일족의 후계자 후보로서 교육받던 당시에 배운 것이다.

그러다가 아젤과 만난 후, 그녀의 분신술에 대한 기량은 현격하게 상승했다.

'그 점은 알마릭의 혈통이라 그런 건지도…….'

용마전쟁 당시, 알마릭은 아젤을 제외하면 최고의 분신술사였다. 물론 아젤이 있었기에 2등에 머무를 수밖에 없었지만.

카이렌이 투덜거렸다.

"젠장. 내가 자네를 만나기 전까지만 해도 분신술을 부러워해 본 적이 없었거늘……."

"각자 잘하고 못하는 게 있는 거지요."

8

어둠의 설원은 아젤 일행이 예상한 것과는 다른 움직임을 보이고 있었다.

분명 그들은 병력을 파견하기로 결정했다. 하지만 목적지는 아티산 산맥이 아니었다.

"반응이 소실되다니, 마음에 걸리는군. 아발탄의 수작인가, 아니면 칼로스 리제스터의 수작인가?"

알마릭은 꺼림칙함을 느꼈다.

위대한 어둠에서 아인세라와는 다른 영역을 관리하는 그

는 용마장군의 용마기들을 추적할 수 있었다. 그렇기에 아젤 일행이, 최소한 비탄의 잔을 가진 라우라는 아발탄 숲에 있음을 파악해 왔다.

'이상하게 정밀도가 떨어지는 것도 그렇고…….'

이전에 알마릭이 처음 모습을 드러냈을 때, 아젤 일행은 그가 비탄의 잔을 추적하는 능력이 아주 정밀하지 않다고 판단했다.

그것은 사실이었다. 다른 용마장군의 용마기들은 정밀하게 포착할 수 있는 데 비해 비탄의 잔만큼은 이상하게 추적의 정밀도가 떨어졌다.

그러더니 이번에는 아예 반응이 한 번 소실되었다가 아발탄 숲에서 멀찍이 떨어진 곳에서 나타났다.

"어쩌면 라우라 그 아이만을 따로 떨어뜨려놓는 기만책일 가능성도……."

〈후후후. 겨울잠 자는 곰처럼 처박혀 있더니 드디어 나오시는군.〉

알마릭이 고민하거나 말거나 레이거스는 신이 나 있었다.

아젤 일행이 아발탄 숲에 들어서고 나서 두 달 동안 그곳으로 쳐들어가고 싶은 욕구를 억누르느라 애를 먹었다. 용마전쟁 당시 아테인이 아발탄과 불가침 협정을 맺지 않았더라면 단독으로라도 들어갔으리라.

알마릭이 퍽 한심하다는 눈길을 보냈다.

"내가 말하는 건 싹 무시하는 건가?"

〈물론 듣고 있지. 하지만 그렇게 고민하는 특권은 네게 양보할 생각이다. 마음껏 고민하도록. 예전에 아운소르와 발타자크가 책사 노릇하는 것에 불만이 많았지 않나? 이제 그들의 권리까지 다 누리니 마땅히 신 나해야지.〉

"…이럴 줄은 알았지만."

알마릭이 손을 들어 이마를 짚었다. 자신은 많이 변했는데 레이거스는 정말이지 예나 지금이나 무섭도록 한결같아서 경이로울 정도다.

"아젤은 네가 상대해 보겠나?"

〈한 번은 내가, 한 번은 네가 했으니 이번에는 내 차례 아니겠나?〉

"흠. 좋아. 죽지 않길 기원하지."

알마릭은 레이거스를 만류하지 않았다. 동료의식과는 별개로 둘은 서로의 가치관을 존중했다.

레이거스가 기대감 어린 기색으로 말했다.

〈분명 더 강해졌을 테지?〉

"그랬을 테지. 어쩌면 예전만큼이나."

〈기록은 봤다. 정말 근사하더군.〉

"공부를 하다니 너답지 않은 짓이군."

〈온전치 못한 놈한테도 크게 한 방 먹었으니까. 상대의 힘을 인정한 이상 겸허해지는 것 또한 사나이의 덕목이지.〉

레이거스가 어깨를 으쓱했다. 알마릭이 물었다.

"공부한 결과, 어떤가? 이길 자신은 있나?"

〈아니.〉

"……"

〈사나이가 싸우는데 승산이 무슨 상관인가? 그냥 하는 거지.〉

"못 말리겠군. 되도록 완파당하지는 말도록 해라. 되살아나는 데 오래 걸릴 테니."

〈흠. 불멸 보장이라니 치사하단 말이지. 난 기꺼이 하나뿐인 목숨도 걸 수 있는데.〉

위대한 어둠이 건재하다면, 정확히는 그 중추라고 할 수 있는 아테인과의 맹약이 유지되는 한 레이거스는 불멸이다. 일시적으로 물리적인 몸이 완전히 파괴된다고 하더라도 시간이 지나면 다시 부활한다.

"그러나 네가 다시 되살아날 때까지의 전력 공백은 치명적으로 작용할 것이다. 어쩌면 그동안 내가 죽을 수도 있고, 왕께서 당하셔서 두 번 다시 부활 못하게 될 수도 있겠지."

〈그럼 네놈 혼자서만 고기를 맛있게 처먹는 아니꼬운 꼬락서니는 더 이상 안 봐도 되겠군?〉

"그 고약한 심보를 봐서라도 악착같이 살아서 고기를 맛있게 먹어주겠다."

알마릭이 코웃음을 쳤다.

레이거스가 물었다.

〈그나저나 방침은?〉

"물론 아젤 카르자크와 그 일당의 격파다."

〈내 말은 놈들이 어떻게 행동할 거라고 예측했냐는 뜻인데.〉

"뇌가 썩어문드러졌어도 사고가 가능하니 스스로 생각해 보는 건 어떤가?"

〈잘하는 놈들 놔두고 내가 왜 그런 귀찮을 짓을 해야 하나?〉

"쯧쯧."

알마릭이 혀를 찼다.

"참모부의 견해도 들어봤다. 조금 전에 말한 대로 기만책일 가능성도 있고, 라우라 그 아이가 우리를 끌어들이는 미끼 노릇을 하고 나머지 놈들이 용마궁을 강습할 수도 있겠지."

〈오, 단번에 우리의 심장부를 꿰뚫을 거다 이건가?〉

"하지만 명확한 판단을 내리기에는 정보가 너무 부족해. 어쩌면 거기에 놈들의 총력을 기울인 함정이 기다릴지도 모르지."

〈그럼 어쩔 거지?〉

"어느 쪽이든 상관없다. 일단은 쳐들어가서 비탄의 잔을 회수한다."

그 말에 레이거스가 껄껄 웃었다.

〈좋군! 아주 마음에 들어! 진 치고 기다리는 것 따위는 성미에 안 맞지.〉

"그러자고 해봤자 네놈이 혼자 신 나서 뛰어 들어가는 모습이 눈에 선하니, 차라리 공격에 비중을 두기로 했다."

〈나를 너무 잘 아는군그래.〉

"이 정도까지 네 성격에 맞춰줬으니 혼자 뛰어가는 일은 없도록 해라."

〈그러도록 하지. 아가씨들에게는 배려가 필요하니.〉

레이거스가 어깨를 으쓱했다.

이번 작전에는 최정예 병력만이 투입된다. 수호그림자와 연계한 아젤 일행의 전투력을 뼈저리게 맛봤기 때문이다.

니베리스와 키르엔, 제퍼스도 거기에 포함되어 있었다. 셋은 자신들의 일족에서 선발된 정예들을 이끌고 두 용마장군을 따랐다.

문득 레이거스가 물었다.

〈네놈의 후계자라는 녀석은 어떤가?〉

"근성은 제법 괜찮더군. 가르친 보람이 없진 않다."

〈네 녀석이 누군가를 가르치다니, 오호, 이런 날이 다 오는군.〉

"일단은 내 후손이니까. 변변찮다는 소리를 들으면 짜증나더군."

알마릭이 깨어나자 알마릭 일족은 완전히 뒤집어졌다. 거짓으로 내세운 계승자인 제퍼스에게 주어졌던 권한은 모두 회수되었고, 실권자들인 장로들이 알마릭에게 모든 것을 갖다 바쳤다.

제퍼스는 망연자실했다. 자신이 아무것도 모르는 허깨비였음을 깨달은 충격이 너무 컸다.

알마릭은 그런 제퍼스를 그냥 놔두지 않았다. 어쨌거나 자신이 없는 동안 계승자로 내세웠던 후손이 아닌가?

한동안 알마릭은 그를 붙잡고 단련시켰다. 자질이 떨어진다면 금세 손을 놨겠지만 제퍼스는 제법 쓸 만해서 가르치는 재미가 있었다.

"기술 전수법에 대해서는 궁리해 볼 가치가 충분해. 재미있는 놀이지."

〈그 말을 들으니 나도 하나 키워보고 싶은데?〉

"넌 그만두는 게 좋을 거다. 애들 몸이 남아나지 않을 테니."

9

아젤 일행은 아티산 산맥에 진입한 지 닷새 만에 영봉 라우스에 도착했다.

수호그림자들이 비교적 다니기 쉬운 길로 인도하고, 위험을 전부 치워 버린 덕분이었다. 그렇지 않았다면 뭐가 있는

지 전혀 알 수 없는 험지를 이토록 빠르게 가로지르지 못했으리라.

"영봉 라우스, 이렇게 가까이 와서 보니… 정말 크군."

아젤은 멀리서 영봉 라우스를 보며 중얼거렸다.

아티산 산맥에는 웅장한 봉우리가 한둘이 아니다. 올라가다 보면 호흡이 힘들어질 정도로 높은 곳이 즐비했다.

하지만 라우스는 압도적으로 크다.

아티산 산맥에서 두 번째로 높은 봉우리가 라우스의 절반도 안 될 정도인지라 맑은 날에는 아발탄 숲에서도 충분히 라우스를 볼 수 있었다. 그렇기에 인간의 발길이 닿지 않는 곳인데도 사람들에게 그 존재가 알려진 것이다.

지상과 하늘을 잇는 신령스러운 봉우리.

라우스라는 이름은 먼 옛날, 신화 속 거인의 이름이다. 옛날 사람들은 죄 지은 신이 하늘을 떠받치는 형벌을 받고 산으로 변했다고 믿었다.

"가까이서 보니까 아예 꼭대기가 안 보여. 이거 도대체 높이가 얼마나 되는 거지?"

멀리 있을 때는 구름을 꿰뚫고 솟아난 산의 모습이 보였는데 가까이 오니 너무 커서 시야에 다 안 들어온다. 라우라가 말했다.

"17,817미터."

"응?"

"해수면을 기준으로 볼 때, 라우스의 높이는 17,817미터야."

"…그걸 어떻게 그 정도로 정확하게 재는 건데?"

기가 막혀서 묻자 라우라가 설명했다.

"측량법은 여러 가지가 있지만, 이 수치는 용마왕이 직접 남긴 기록이야. 수백 년이 지났으니 지금은 몇 미터쯤 달라졌을지도 모르지만."

"아테인도 참 쓸데없는 짓을 했었군. 하긴 마법사들이 다 그렇지……."

아젤이 혀를 내둘렀다.

'위로 거의 18킬로미터나 된다고?'

도대체 어느 정도 높이인지 감이 안 잡힌다. 라우라가 지적했다.

"어디까지나 해수면을 기준으로 잡았기 때문에, 당신이 생각하는 것보다는 낮을 거야."

"…18킬로미터가 17킬로미터가 된다고 해서 뭔 차이가 있나 싶은데."

구시렁거리는 아젤에게 라우라가 지적했다.

"차이는 커. 특히 올라가야 한다면."

"응?"

"여태까지 넘은 봉우리만 하더라도 호흡이 곤란해질 정도였어."

"그 말은, 하늘 위는 사람이 생존할 수 있는 환경이 아닐 수도 있다는 거지?"

라우라가 고개를 끄덕였다. 아젤이 눈살을 찌푸렸다.

"확실히 비행 마법으로 올라갈 수 있는 고도가 아니지. 흠. 나도 분신으로밖에 못 올라가봐서 정확한 환경은 모르겠는데……."

그 말에 라우라가 놀랐다.

"저만큼 위로 올라가봤어?"

"나?"

"응."

"그랬지."

"어떻게?"

"하늘을 가르는 검을 전개하고 그림자의 춤으로 분신을 만들어서."

"아……."

아젤은 실체 있는 분신을 만들고, 분신을 구성하는 마력의 속성을 자유자재로 변환시킬 수 있다. 하늘을 가르는 검과 동일하게 광화(光化)한 분신이라면 그런 어마어마한 높이까지 올라가는 것도 가능했으리라.

아젤이 말했다.

"하지만 이게 단순히 분신을 먼 곳까지 보내는 것과는 문제가 좀 다르더라고. 위로 올라가면 올라갈수록 기하급수적으로 분신을 유지하는 게 힘들어져서 올라가자마자 소멸했었어."

"그렇다고 해도 역시 말도 안 되는 능력이야."

"칼로스가 그랬지. 내 최대의 무기는 '동시에 여러 곳에 있을 수 있는 능력'이라고. 나도 동의하는 점이야."

아젤은 피식 웃고는 말했다.

"자, 그럼 올라가 볼까? 수호그림자들이 길을 만들어주고 있군."

그 말대로였다. 수호그림자들은 일행에게 보여주려는 듯 일렬로 늘어서서 길을 만들고 있었다. 수천 개체의 수호그림자가 질서정연하게 산 위로 줄을 서고 주변을 경계하는 모습은 현기증이 날 정도로 이질적인 광경이었다.

카이렌이 말했다.

"아무리 봐도 3천은 넘는 것 같은데……."

"그런 것 같군요. 저번 전투에서 꽤 많이 소멸했을 것 같은데 아직도 이렇게나……."

예언지킴이가 전멸한 전투에서 수호그림자들이 입은 타격도 만만치 않았을 것이다. 이제까지 지켜봐 온 바로 수호그림자들은 결코 무적이 아니었다. 단순한 물리적 타격은 거의 무시해 버리고, 생명체보다 월등히 끈질기기는 하지만 결국 마력이 깃든 공격을 받다 보면 소멸한다.

그런데도 이곳에는 3천을 넘는 수호그림자가 모여 있었다. 이 정도 전력이라면 레이거스와 알마릭이 오더라도 만만히 볼 수 없을 것이다.

카이렌이 말했다.

"뒷일은 이 친구들에게 맡겨두고, 우리는 자네의 대마법사 친구를 만나서 최후의 비밀을 듣도록 하지."

"그러죠."

일행은 수호그림자들을 따라서 영봉 라우스를 등반하기 시작했다.

사람이 다닐 만한 길은 없지만 상관없다. 일행 모두가 벽을 평지처럼 걷고, 뛸 수 있는 능력을 가졌고 비행마법도 있었으니까. 충분히 여력을 남기고 주변을 경계하면서 올라가는데도 마치 일반인이 평지를 뛰는 것 같은 속도가 나온다.

그래도 목적지까지는 멀었다. 그리고 위로 올라갈수록 호흡이 힘들어진다.

"이쯤 되니 확실히… 숨이 차는군."

카이렌이 잠시 멈춰서 숨을 골랐다. 고산지대에서 호흡이 힘든 거야 자연스러운 현상이지만 영봉 라우스쯤 되니 차원이 다르다.

무엇보다 환경 자체가 워낙 가혹하다. 기온이 폐가 얼어붙을 것처럼 차가워서 호흡하는 것조차도 고통스러울 지경인데 칼날 같은 바람이 불고 있으니…….

일행 모두가 초인이 아니었다면, 그리고 강력한 마법의 지원이 없었더라면 여기까지 올라오는 데 몇 날 며칠이 걸렸을지도 모른다.

카이렌이 물었다.

"얼마나 남았지?"

〈이제 곧…….〉

〈문이 있는 곳에…….〉

워낙 단순한 질문이었기에 수호그림자들에게도 알아들을 수 있는 대답을 들을 수 있었다.

그 말대로 일행은 얼마 가지 않아서 목적지에 도착할 수 있었다. 하지만 수호그림자들이 가리키는 곳에는 아무것도 없었다.

"벽인데?"

유렌이 어이없어하며 수호그림자들이 가리키는 지점을 바라보았다.

아무것도 없는 암벽이다. 혹시나 해서 다가가서 만져보기도 하고, 환각마법이 아닐까 조사하기도 했지만 아무것도 달라지지 않는다.

〈예언의 사람…….〉

〈그만이…….〉

〈그의 존재가 열쇠…….〉

그 말에 아젤이 나섰다.

"뭘 하면 되지?"

수호그림자들은 대답하지 않았다.

쿠르르릉!

대신 굉음이 울리며 암벽이 뒤흔들렸다.

일행이 깜짝 놀라서 전투태세로 들어갔다. 하지만 앞에서 일어나는 변화는 전혀 위협적이지 않았다.

암벽의 형상이 변한다. 눈에 보이는 풍경이 일그러지면서 그 안에 어둠으로 통하는 통로가 생겼다.

라우라가 놀라서 중얼거렸다.

"눈물의 길?"

비탄의 잔으로 공간을 왜곡시켜서 만들어내는 통로와 똑같다. 이 기술이라면 물리적으로 완전하게 차단되어 있다고 하더라도 통로를 만들어낼 수 있는 것이다.

잠시 그 어둠을 바라보던 아젤이 심호흡을 한 번 했다. 그러자 레티시아가 물었다.

"겁먹었나?"

"보통은 긴장했냐고 물어보지 않나?"

"그거나 이거나."

"달라."

실소한 아젤은 어둠 속으로 한 발 내딛었다.

동시에 풍경이 변했다.

'공간왜곡장이군.'

아젤이 안으로 들어오는 순간, 통로를 이루고 있던 공간왜곡장이 변화하면서 그를 새로운 곳으로 이끌었다. 라우라가 비탄의 미궁을 이용해서 먼 곳에 있는 표적을 한순간에 앞으로 데려오는 기술과 같은 수법이다.

아젤은 당황하지 않았다.

"역시……."

한 번도 온 적이 없는 공간이었다. 그러나 이미 한 번 본 적이 있는 장소이기도 했다.

현실이 아니라 꿈속에서.

수면에 반사된 빛이 벽면을 따라 춤추고 있었다. 본래대로라면 한 점의 빛도 없어야 할 지하 공동이지만 그 한가운데서 일어난 마법의 빛이 신비로운 광경을 만들어낸다.

〈마침내 여기에 도달했군.〉

누구보다도 잘 아는 인물의, 그러나 너무나도 낯선 목소리가 아젤에게 말을 걸어온다.

스산한 목소리다. 마치 컴컴한 어둠 밑바닥에서 쥐어짜낸 듯한, 듣는 것만으로도 수명이 줄어들 것 같은 느낌을 주는 목소리. 불사체의 목소리와도 닮았지만 좀 더 근본적으로 산 자의 공포감을 자극하는 목소리였다.

"그 말도 들은 적이 있지."

아젤은 뭐라고 형용할 수 없는 기분을 느끼면서 목소리의 주인을 바라보았다.

공동 한구석에 물이 고여 있었다. 그리고 그 위로 여름날 반딧불 같은 빛의 파편들이 춤춘다. 너무나도 흐릿해서 당장에라도 어둠에 먹혀 버릴 것 같은, 그러나 계속해서 분화하며 존재를 유지하는 아름다운 빛무리.

그 한가운데 어둠에 휘감긴 실루엣이 있었다.

주변에 빛의 파편들이 춤추고 있는데도 얼굴이 보이지 않는다. 낡아빠진 후드가 드리운 어둠 때문이 아니다. 그가 휘감은 불길한 힘 때문일 것이다.

너덜너덜한 로브로 전신을 감싸고 있는 그의 가슴에는 뭔가가 깊숙이 꽂혀 있었다. 끝이 둥글게 말리고 투명한 보석이 박힌 나무 지팡이가 그의 가슴을 관통한 채 조용히 어둠을 피워 올린다.

그리고 그의 등 뒤에는 은으로 만든 직사각형의 기둥이 서 있었다. 검은 사슬이 그와 은기둥을 묶어두고 있었으며 표면을 타고 마치 문자처럼 보이는 어둠을 피워 올리는 모습은 기괴하기 짝이 없었다.

아젤이 그를 불렀다.

"오랜만이야, 칼로스."

〈그래, 정말로 오랜만이군, 아젤.〉

용마전쟁을 종식시킨 두 맹우는 220년의 시간을 뛰어넘어 재회했다.

CHAPTER **37**

두 사람

龍魔
劍展

1

　물결치는 빛으로 인해서 뿌옇게 흐려지는 어둠 속에서 침묵이 흘러갔다.

　두 사람, 아니, 한 사람과 한때 사람이었던 존재는 말없이 서로를 바라보고 있었다. 서로의 거리는 고작해야 스무 걸음. 하지만 그 사이에는 200년이 넘는 세월이 쌓여 있었다.

　서로를 바라보는 시선에서 만감이 교차한다. 칼로스의 얼굴이 보이지 않았지만, 아젤은 그 역시 같은 심정을 확신할 수 있었다.

　가슴속에서 하고 싶은 말이 수도 없이 소용돌이친다. 그런데 정작 무슨 말부터 꺼내야 할지 모르겠다.

"너……."

결국 아젤이 먼저 입을 열었다.

"대머리됐더라?"

〈200년 만에 보고 나서 하는 말이 그거냐?〉

칼로스가 어처구니없어하며 웃었다. 아젤이 피식 웃었다.

"네 사념체는 이 말 듣고 발끈했었는데 반응이 좀 다르군."

〈그 후로도 시간이 많이 흘렀으니까. 지금의 나는 그런 말에 화가 나기는커녕 반갑기만 해.〉

"반갑다고?"

〈그래, 내게 그런 인간적인 말을 해줄 사람이 있다는 것에. 그리고… 그게 아젤 너라는 것에.〉

"……."

〈사람과 제대로 대화를 나눠본 지도 꽤 오랜 시간이 흘렀지. 아마도 백 년은 넘었을 거야.〉

그렇게 말하는 칼로스의 목소리는 너무나도 쓸쓸하게 들렸다. 기괴하기 짝이 없는 울림이 섞여 있는데도 그 안에 담긴 감정이 와 닿아서 가슴이 아프다.

아젤이 그에게 한 걸음 더 다가가며 물었다.

"일부러 나만 격리시킨 건가?"

〈그래, 그동안 죽 지켜봐 왔으니 그들이 네게 좋은 동료들이라는 사실은 알아. 하지만 이 시간은 방해받고 싶지 않았어.〉

"역시……."

제법 시간이 흘렀는데도 이곳에는 아젤만이 당도했고 다른 동료들은 감감무소식이다. 칼로스가 의도하지 않았다면 이런 일이 일어날 리가 없었다.

아젤이 물었다.

"수호그림자가 네 눈과 귀 역할을 한 거겠지?"

〈여전히 눈치가 빠르군.〉

"눈과 귀는 되지만 입은 되어주지 못한다는 것도 알겠어. 안 그랬다면 일찌감치 나를 알아보고 뜻을 전해왔을 테니."

〈그래, 안타깝게도 비밀을 지키기 위해서는 불편을 감수할 수밖에 없었어. 일방적으로 내게만 편리한 수단이라는 것은 없는 법이야.〉

"나의 편의를 추구하면 추구할수록, 상대에게 이용당할 수 있는 틈도 생기는 법이다. 네가 늘 하던 말이지."

〈네가 잠든 후에는 후학들에게 보안 개념을 가르치면서 항상 하던 말이기도 했지.〉

"내가 잠든 후에도 많은 일이 있었겠지?"

〈하루에 한 페이지씩 기록해서 내보인다고 하더라도 20년 동안은 일이 끊이지 않을 만큼 많은 사건 사고가 있었지.〉

"길고 장황한 이야기는 듣기 싫으니까 재미있는 부분만 요약해서 들려줘 봐."

〈이토록 뻔뻔한 소리를 들으니 내 친구 아젤을 만났다는

실감이 나는군그래.〉

"넌 나이 먹고 달라진 건지 아닌 건지 모르겠다. 머리가 벗겨졌었다는 건 알겠다마는."

〈그것 때문에 슬퍼했던 것도 옛일이지. 이젠 머리가 있든 없든 상관없는 몸이 되었으니.〉

"……."

〈음? 이 농담은 재미없었나?〉

"…솔직히 그래. 그 문제는 좀 뒤로 미뤄두고 재미있는 일들부터 이야기해 봐."

〈네가 먼저 들려줬으면 좋겠는데.〉

"응?"

〈이렇게 현실에서, 내가 기억하고 있는 것과 다름없는 네 목소리를 듣고 있다는 사실이… 내게 어떤 감동을 주는지 너는 모를 거야, 아젤.〉

"……."

〈네가 깨어난 후에 있었던 일들을 들려줘. 수호그림자들이 보고 듣지 못한 일들을…….〉

"그럴까?"

〈서서 이야기하기도 그러니 거기 앉지.〉

아젤은 그 말에 따랐다. 마침 옆에는 앉기 딱 좋은 돌이 하나 있었다.

"어디서부터 이야기할지는 고민할 필요가 없겠고……."

아젤은 발란 숲에서 깨어났을 때부터의 일을 이야기했다. 루레인 왕국의 서부 국경수비대에게 발견되어서 겪은 일들, 용마공주 아리에타에 대해서, 그리고 대머리라고 놀리자 발끈했던 칼로스의 사념체에 대해서도.

이야기는 길었다.

이 상황에 이렇게 느긋하게 이야기를 나누어도 괜찮은 것일까? 그런 의문이 마음속에 떠올랐지만 무시한다. 지금 이 순간은 다른 문제는 모두 잊고 싶었다.

칼로스는 즐겁게 맞장구치면서 그 이야기를 들어주었다.

〈짧은 시간 동안 일을 많이도 겪었군. 예나 지금이나 너는 조용히 살 운명은 아닌가 보다.〉

"유감스럽게도 그렇더라."

〈네가 잠든 후에도 파란만장한 삶을 살아가는 이들을 만났었지. 그들 중 몇몇하고는 같이 세상을 구하기도 했고.〉

"그동안의 일들이 기록된 역사책들을 읽어봤지만 그런 내용은 없던데. 네 업적이라면 이것저것 많이 있기는 했지만……."

〈역사의 전면에 드러난 사건이 아니었으니까. 드러나기 전에 처리했지.〉

"그렇군……."

아마 칼로스가 이런 꼴이 된 것도 그런 일들과 관련이 있으리라.

아젤이 침묵하자 칼로스가 물었다.

〈특별히 듣고 싶은 일이라도 있나?〉

"음. 어디 보자……. 뤼겐이 사업을 말아먹은 일이라든가?"

〈오, 그건 정말로 안타까운 일이었어. 덕분에 내가 투자한 자금도 증발해 버렸고.〉

"투자했었어?"

〈뤼겐이 자금줄이 막혀서 어려워하던 때에. 사실 더 도와주고 싶었지만 거절당했지.〉

"그랬군."

어려운 시절 뤼겐을 도와준, 용마전쟁 때 사귄 인간 친구들 중에는 칼로스도 있었던 것이다. 당연한 일이었다.

칼로스가 장난스럽게 말했다.

〈이런 이야기는 어때?〉

"어떤 이야기?"

〈네가 잠든 후에 네 자식을 가졌다고 주장하는 수많은 여자가 카르자크 후작가로 찾아오는 바람에 후견인인 내가 얼마나 고생했었는지.〉

"윽……."

아젤이 아픈 곳을 찔린 표정을 지었다. 그도 그럴 것이 예언지킴이들을 통해서 알게 된 후손 문제는 그로서는 입이 열 개라도 할 말이 없는 문제인 것이다.

"그, 그건 좀 그냥 넘어가면 안 될까?"

〈안 되지. 꼭 자세히 이야기해 주고 싶은 이야기고 너도 들어야 할 의무가 있다고 생각한다만?〉

"젠장. 경청하도록 하지."

〈목숨 걸고 전장에 나가는 비장함이 느껴지는군. 좋아. 기꺼이 들려주도록 하지, 친구.〉

칼로스는 너무나도 즐거워하며 가슴속에 쌓였던 이야기들을 풀어놓았다.

2

아젤이 칼로스와 대면하고 있는 동안, 일행은 다른 공간으로 안내되었다.

당황한 일행들 앞에 수호그림자 하나가 나타나더니 말을 걸어왔다.

〈안녕하신가, 여러분? 나는 칼로스 리제스터라고 한다. 그대들이 누구인지는 수호그림자를 통해 지켜보았기 때문에 알고 있다.〉

"아젤은?"

라우라는 전설적인 대마법사와 마주했다는 사실에 놀라기보다 아젤에 대해서 먼저 물었다. 칼로스가 재미있다는 듯 웃으며 대답했다.

〈나와 함께 있다. 정말 오랜만에 내 친구를 다시 만났으니

잠시 둘이 밀린 이야기를 나누는 것을 허락해 주지 않겠나?〉

그렇게 부탁하는데 거절할 도리는 없었다. 일행은 어쩔 수 없이 아젤과 칼로스가 이야기를 끝낼 때까지 기다리기로 했다.

"하지만 220년만의 재회라니, 쌓인 이야기를 다 하자면 사흘밤낮 동안 해도 모자랄 것 같은데? 그동안 우리는 이대로 방치인가?"

레티시아가 투덜거렸다.

그들이 있는 곳은 마법이 걸린 공동이었다. 흐릿한 마법의 광점들이 반딧불처럼 허공을 떠다니면서 주변을 흐릿하게 비춘다. 하지만 그 빛의 효력은 일행 주변에만 미칠 뿐, 조금만 멀리 가면 아무것도 보이지 않는 캄캄한 어둠만이 있었다.

유렌은 그 어둠을 바라보며 눈살을 찌푸렸다.

"이 어둠은 왠지 본 적이 있는 것 같은데……."

"어둠이 어둠이지, 낯선 어둠과 낯익은 어둠도 있나?"

레티시아가 핀잔을 주었다.

하지만 그녀도 느끼고 있었다. 이 공간에 가득 찬 어둠에 범상치 않은 힘이 깃들어 있다는 것을.

라우라가 말했다.

"나도 알아."

"뭘?"

"이건 위대한 어둠이야."

그 말에 다들 흠칫 놀랐다.

이 중에서는 라우라만이 위대한 어둠의 실체를, 그 중추를 접한 적이 있었다. 그런 만큼 그녀의 말에는 신빙성이 있었다.

유렌이 물었다.

"완전히 같은 것은 아니지?"

"잘 모르겠어. 어딘가 다르다는 느낌은 들긴 하지만……."

라우라가 눈을 가늘게 뜨고 어둠을 살피며 마법을 사용했다. 온갖 마법으로 이 어둠의 실체를 꿰뚫어 보기 위해 노력한다.

'모르겠어.'

하지만 꿰뚫어 볼 수가 없다. 너무나도 고차원적인 마법의 집약체라 표면만을 살필 수 있을 뿐, 안쪽까지 꿰뚫어 보는 것은 불가능했다.

라우라에게는 익숙지 않은 경험이다. 비록 전투적인 측면에 치우쳐 있기는 해도 그녀는 마법사로서 이 시대 최고 수준에 올라 있다고 할 수 있다. 그녀가 이 정도의 격차를 느낀 것은 오직 아테인이 남긴 유물들을 볼 때뿐이었다.

'대마법사 칼로스, 이 정도의 인물이었나? 하지만…….'

칼로스가 얼마나 대단한 인물이었는지는 어둠의 설원에 남은 기록만 봐도 알 수 있다. 그는 분명 아젤과 마찬가지로 인간의 한계를 초월한 능력의 소유자였다.

하지만 뭔가 납득이 가지 않는다.

어둠의 설원의 마법은 용마전쟁 때와 비교했을 때 훨씬 발전했다.

아테인과 용마장군 아운소르, 발타자크야 그 시대의 규격을 월등히 초월한 존재니 예외다. 후대에 전할 수 있는 총체적인 마법학 연구를 기준으로 보면 분명 그 시절보다 발전했다. 당장 아젤을 놀라게 했던, 용마력을 완벽하게 보통의 마력으로 위장하는 마법만 봐도 그렇지 않은가?

'아무리 그래도 개인이 고작 200년 정도 노력해서 위대한 어둠에 도달했다고?'

칼로스가 20대에 용마장군과 필적하는 힘을 손에 넣었음을 생각하면, 200년을 '고작' 이라고 하는 것은 무리가 있으리라.

하지만 전투적인 측면에서 강하다고 해서 마법사로서의 수준이 동일하다는 의미는 아니다. 그리고 위대한 어둠은 전투력이 뛰어나다고 해서 만들어낼 수 있는 것이 아니었다.

아운소르의 수기에 따르면, 위대한 어둠은 아테인 말고는 아무도 그 본질을 이해할 수 없는 마법이었다.

거기에 연결된 자들은 공간의 제약을 초월하여 실시간으로 의사를 전달하는 것이 가능하다. 마법의 주체가 되는 자는 특정 조건을 설정하여 어마어마한 정보를 수집하여 살펴보는 것도 가능하다.

여기까지는 아인세라가 유지하는 지금도 가능한 일이다.

아테인이 주체가 될 때는 더 어마어마한 일들도 가능했다. 예를 들면 이것을 기반으로 공허의 길 같은 놀라운 확장 결과물을 얻을 수 있었고 수십 킬로미터 저편까지 일부 마법의 효과를 공유하는 어처구니없는 일도 실현했다.

위대한 어둠은 전 대륙을 아우르며, 그것을 유지하는 데 다른 어떤 부담도 들지 않는다. 마법진을 설치하지 않아도, 시설을 건설하지 않아도, 심지어 마력조차 들이지 않고 유지된다.

마법의 상식뿐만 아니라 세상의 이치를 초월하는 마법이다. 무(無)에서 유(有)를 창조하는 셈 아닌가?

'도대체 어떤 인물일까?'

정말로 궁금하다. 아젤을 만났을 때 이후로 가장 호기심이 일었다.

문득 일행은 오싹한 기척을 느꼈다.

스ㅇㅇㅇㅇ…….

"누구냐?"

카이렌이 칼자루에 손을 가져가며 물었다.

어둠 저편에 무언가가 있다. 수호그림자가 아닌, 강대한 존재감을 가진 무언가.

〈당신들의 적은 아니오.〉

그렇게 말하며 모습을 드러낸 것은 불사체였다. 하지만 언

뜻 보기에는 불사체로 보이지 않는 존재이기도 했다.

누더기 같은 검은 로브를 걸친 존재다. 하지만 그 안에는 아무것도 없이 어둠만이 채워져 있을 뿐이다.

'마치 수호그림자 같군. 불사체인데 어떻게?'

악령이 아니고서야 불사체는 사체 일부를 핵으로 삼아 움직이게 마련이다. 보통은 뼈가 보여야 할 텐데……

⟨아주 오랜 시간 동안 존재하다 보면 이렇게도 되는 법이지. 마법으로 보호되는 뼈라고 해도 영원불멸은 아니니까. 얼마나 오랜 시간이냐고 묻지는 마시오. 나도 기억하지 못하니.⟩

불사체는 마치 이쪽의 마음을 읽은 것처럼 말했다.

카이렌이 물었다.

"정체를 밝혀주지 않겠나?"

⟨그분의 심부름꾼이오.⟩

"대마법사 칼로스의?"

⟨지금은 그렇게도 불리시는 것 같더군.⟩

'지금은?'

묘한 뉘앙스가 느껴지는 말이다. 불사체는 거기에 대해서 추궁할 여유를 주지 않고 말을 이어갔다.

⟨손님들을 오랫동안 무작정 기다리게 하는 것은 예의가 아닐 테니, 준비된 것들을 전해주라 하셨소.⟩

"준비된 것들이라니?"

〈당신들에게 힘이 되어줄 물건들이오. 그분은 오랫동안 당신들을 지켜보고 있었고, 그렇기에 당신들이 쓸 만한 도구들을 준비해 두셨소.〉

"호오."

카이렌의 눈이 빛났다. 수호그림자를 창시한 대마법사가 그들을 위해 준비한 도구들이라니 흥미가 생길 수밖에 없다.

특히 카이렌은 알마릭과의 일전에서 두 자루의 용검 중 하나를 잃었다. 아발탄 숲에 머무르는 동안 그곳의 장인에게 새 검을 선물받기는 했지만 부족함을 느끼던 것이 사실이었다.

불사체가 몸을 돌리며 말했다.

〈따라오시오. 그분의 비고로 안내하지.〉

3

아젤과 칼로스는 끝도 없이 이야기했다.

용마전쟁 때의 추억들, 아젤이 잠들어 있는 동안에 있었던 일들, 그리고 칼로스가 역사의 전면에서 물러난 후에 있었던 일들까지…….

이야깃거리는 차고 넘쳤다. 사흘 밤낮을 지새운다고 하더라도 화제가 바닥나는 일은 없으리라.

"술이 없는 게 아쉽네."

〈아무래도 그것까지는 구할 방법이 없었어. 그래도 세상에

서 가장 귀한 물이다, 그거.〉

칼로스가 어깨를 으쓱한다.

아젤의 손에는 얼음으로 만든 잔에 빛이 일렁이는 찰랑거리고 있었다. 영봉 라우스 안쪽에 고여 있는 지하수다. 영봉이라 불릴 정도로 막대한 기운이 고여 있는 그 물을 마법적으로 정제하여 한데 모은 물을 아젤이 마시고 있었다.

〈이제는 술맛이 어땠는지도 잘 기억이 안 나. 음식 맛도 그렇지. 희미하게 남아 있는 기억을 반추할 뿐이야. 기억의 밑바닥이 닳아 없어질 때까지…….〉

비참한 이야기였다.

하지만 불사체에게는 지극히 자연스러운 일이기도 하다. 인간일 때 당연히 향유했던 것들을 더 이상 누릴 수 없다는 것, 즉 자신이 살아서 존재함을 실감할 수 없다는 것이 불사체들이 미쳐 버리는 가장 큰 이유인 것이다.

칼로스가 다른 불사체와는 다른 특별한 존재임은 알겠다. 그럼에도 더 이상 살아 있지 않다는 사실이 변하는 것은 아니다.

'아니, 설령 살아 있다고 하더라도…….'

기억은 시간의 흐름 속에 마모되고 변질되는 것이다. 그런데 백 년도 넘는 시간 동안 이런 어두컴컴한 곳에 갇혀 있었다면 예전의 기억이 닳아버릴 수밖에.

잠시 칼로스를 바라보던 아젤은, 결국 미루던 화제를 끄집어냈다.

"물어보고 싶은 게 많아."

〈내가 살아 있는 동안 있었던 일들 말고도 말이지?〉

"그래."

〈후후. 어디서부터 이야기해야 할까…….〉

칼로스가 뜸을 들였다. 그가 팔을 들어 올리자 그의 몸을 묶어두고 있는 검은 사슬이 철그럭거리는 소리를 냈다.

〈흠. 그쪽 문제만 하더라도 이야기할 게 너무 많아서 곤란하군. 사실은 좀 더 뒤로 미뤄두고 싶은 문제야. 할 수 있다면 영원히…….〉

"네가 그러고 싶다면, 그래도 좋아."

〈어둠의 설원 놈들이 언제 이곳으로 올지도 모르는데도 말인가?〉

그것은 아젤 역시 염두에 두고 있던 일이다. 하지만 그는 단호한 어조로 말했다.

"상관없어. 그놈들이 오든 말든."

〈…하하하. 너는 예나 지금이나 똑같구나, 아젤.〉

칼로스가 쾌활하게 웃었다. 스산하기 짝이 없는 울림을 지닌 목소리인데도, 아젤은 그 속에서 자신이 아는 칼로스의 목소리를 찾아낼 수 있었다.

〈내가 살아 있다면, 피가 통하고 심장이 뛰는 인간이었다면 분명 눈물을 흘렸을 거야. 그랬다면 당장에라도 이런 곳에

서 뛰쳐나가서, 너와…….〉

"네가 그러고 싶다면 얼마든지 그래도 돼. 죽은 게 대수야? 몸이 살아 있는지 죽었는지가 중요한 게 아니야."

〈난 이미 죽은 사람이야, 아젤. 세상의 전면에서 퇴출당해서 이런 음습한 어둠 속에서 미래를 예비하는 게 고작이지.〉

"나도 역사적으로는 마찬가지야. 우리가 살아온 그 시대에, 나는 잠든 그 순간 죽은 거나 다름없었지."

〈그건…….〉

"넌 칼로스야. 어떤 모습을 하고 있든 간에 나와 같이 목숨 걸고 용마왕군과 싸웠던 칼로스 리제스터라고. 피가 통하지 않고 심장이 뛰지 않는 게 뭐가 어때서?"

아젤은 망설임없이 말하면서 마음 한편으로 레티시아에게 감사하고 있었다.

그녀의 충고를 듣고 마음을 정리하지 않았더라면 이토록 명쾌한 태도를 보이지 못했으리라. 그리고 그런 태도로 인해 칼로스에게 상처를 주었을지도 모른다.

〈후. 그래. 사실 조금 전에 이야기한 것은, 걱정할 필요가 없어.〉

"어둠의 설원 놈들 말인가?"

〈그래, 놈들은 여기를 찾을 수 없을 거야. 지금까지 그래왔듯이…….〉

"그렇군."

아젤은 어떻게 그럴 수 있냐고 묻지 않았다. 칼로스가 확신한다면 그럴 만한 근거가 있으리라.

〈아젤.〉

칼로스는 뭐라고 말할 수 없는 감정이 섞인 목소리로 말했다.

〈미안해.〉

"뭐가?"

〈너를 다시 만난다면 꼭 사과하고 싶었어. 카르자크 후작령을 지켜주지 못한 것에 대해서.〉

"네가 사과할 일이 아니야. 너는 할 수 있는 모든 노력을 다했어."

〈그걸 어떻게 확신해?〉

"내 친구 칼로스라면 분명 그랬을 테니까."

〈……〉

칼로스의 어깨가 들썩였다. 검은 어둠만이 존재하는 얼굴을 손으로 가리면서 그가 웃는다. 마치 흐느껴 우는 듯 진한 비통함이, 그러면서도 더없는 환희가 느껴지는 혼란스럽기 짝이 없는 웃음이었다.

칼로스는 한참 동안이나 그렇게 웃고는 입을 열었다.

〈살아생전에 너를 만났더라면 우리는 좀 다른 대화를 나누고 있었을 거야.〉

"대머리 됐다는 말에 발끈하기도 했을 거고?"

〈아마도, 아니, 분명히. 그리고 좀 더 노인네처럼 말해서 네게 거리감을 줬을지도 모르지. 나도 말년에는 점잖은 대마법사인 척 말하고 다녔거든.〉

"별로 그렇게 안 보이던데?"

〈그래? 그거 참. 악착같이 살아서 널 애송이 취급하고 싶었는데 이런 몸이 되고 나서 보니 그런 인식조차도 흐릿하군. 오히려⋯⋯.〉

칼로스는 잠시 적절한 표현을 생각해 보더니 말했다.

〈너와 만난 순간부터, 예전으로 돌아간 것 같아. 그 시절로.〉

"그렇군."

아젤이 쿡 하고 웃었다. 확실히 칼로스가 자신을 대하는 태도는 예전하고 별로 다르지 않았다.

"하지만 그 비슷한 대화는 이미 나눴었지."

아젤은 예전에 늙은 칼로스의 사념체와 나눴던 대화를 들려주었다. 그러자 칼로스가 킬킬거리며 웃었다.

〈사념체를 남겨두길 잘했군. 지금의 나는 할 수 없는 말들인걸.〉

"네 안배 덕을 많이 봤어. 아니, 네가 아니었다면 여기까지 올 수도 없었겠지."

아니, 애당초 칼로스가 방법을 찾지 않았다면 아젤은 아테인의 저주를 이겨내지도 못했을 것이다.

깨어나는 순간부터 칼로스가 필사적으로 준비해 둔 것들이 여기까지 올 수 있도록 도와주었다. 두 사람의 우정은 220년이라는 시간을 초월해서 이어져 있었다.

　"그러니까 이젠 내가 널 도와줄 차례야. 내가 도와줄 수 있는 거라면 뭐든지 말해줘."

　〈한 가지…….〉

　칼로스가 말했다.

　〈딱 한 가지, 부탁하고 싶은 게 있어.〉

　"아테인의 야욕을 꺾어달라는 이야기는 아니겠지? 그런 거라면 부탁할 필요도 없어."

　〈물론 아니야. 우리 시대에 끝맺지 못한 일을 정리하는 것은… 그래, 의무지. 우리가 청산해야 하는.〉

　"그래서 이런 꼴이 되어가면서까지 지금까지 자기를 희생해 왔던 거야?"

　〈하고 싶어서 했던 것은 아니야.〉

　"알아. 해야만 하기에 했겠지."

　〈…….〉

　"부탁을 말해봐. 그것이 무엇이든 들어줄 테니."

　〈약속한 거다?〉

　"물론."

　아젤이 고개를 끄덕이자 칼로스가 말했다.

　〈그건 좀 뒤로 미뤄두지. 그걸 말하기에 앞서서 네가 알아

뒤야 할 사실들이 있으니까. 먼저 듣고 싶은 사실이 있다면, 물어봐줘.〉

칼로스의 말에 아젤은 눈살을 찌푸렸다. 하지만 추궁하는 대신 그의 요구에 따랐다.

"아발탄에게 들었어. 네가 그에게 거래의 대가로 넘겨준 것이 아테인의 저주였다고. 거기에 대해서 아발탄이 의미심장한 이야기를 하더군. 그건 뭐였지?"

〈그 영감탱이 용은 말하려면 다 할 것이지 꼭 사람 짜증 나게…….〉

"그러게 말이지. 용인 주제에 심술궂은 영감 그 자체라니까."

두 사람은 아발탄에 대해서 완벽한 공감을 나누며 키득거렸다.

곧 칼로스가 아젤이 예상치 못한 사실을 고백했다.

〈아젤, 사실 너를 살리려던 내 시도는 실패였어.〉

"뭐?"

〈너를 옭아매던 저주가 사라진 것은, 용의 잠과는 상관없었어. 그리고 이건 아주 중요한 이야기야.〉

4

칼로스는 아테인의 저주로부터 아젤을 살리기 위해 용의

수면기를 모방한 잠을 제안했다.

용과 용마족은 수면기에 들어서면 놀라운 생명력을 발휘한다. 활동을 포기하고 무방비 상태가 되는 대신에 당장 죽을 수도 있는 상처조차도 오랜 시간에 걸쳐 회복하는 것이다.

그것은 그들의 수면기가 동물의 겨울잠과는 다른 마법적인 활동임을 증명한다. 이 점에 착안한 칼로스는, 용마족 이상의 용마력을 지녔던 아젤이 용의 수면기에 빠져들 수 있다면 어떤 저주라도 극복해 낼 수 있었다고 믿었다.

〈내가 너무 물렀지. 당시의 나는 아테인의 저주가 정확히 무엇인지, 그 실체를 전혀 파악하지 못했어. 그래서 저주에 걸린 네가 저항할 수 있는 힘을 극대화시키는 것 말고는 다른 방도를 찾을 수 없었고.〉

"하지만 나는 220년 동안이나 잠들었다 깨어났고, 저주도 극복했어."

〈저주가 사라진 것은 네가 극복했기 때문이 아니야. 나중에 안 거지만 그 저주는 힘으로 대항해서 극복할 수 있는 종류의 것이 아니었어. 생각해 보면 당연하지. 마법의 시조이자 궁극인 아테인이 죽음의 순간에 건, 최후의 비술이니까.〉

"그럼 왜 저주가 사라졌지?"

〈내가 없앴어.〉

"뭐?"

〈저주를 없앤 것은 나야. 그럼에도 네가 오랜 시간 동안 잠

들어 있었던 이유는 두 가지야.〉

첫 번째, 칼로스가 저주를 없앤 것은 아젤이 잠든 지 100년을 훌쩍 넘은 시점이었다. 그때까지 아젤은 수면기를 통해 저주에 대항하면서 악착같이 버티고 있었을 뿐이다.

두 번째, 그때까지 저주로 인해 입은 타격은 죽음에 가까울 정도라서 그것을 회복하는 데 오랜 시간이 걸렸다.

"그럼 일어났을 때 생명의 고리조차 다 없어져 있었던 것은 그저 오래 잠들어서가 아니라……."

〈저주에 갉아 먹힌 거지. 네가 아니었다면 내가 방도를 찾기 전에 저주에 짓눌려서 죽었을 거야.〉

"그랬던 건가……."

아젤이 혀를 내둘렀다. 뭔가 이상하다고는 생각했지만 그렇게 된 것일 줄이야.

"그럼 그 저주의 실체는 대체 뭐지?"

아발탄은 아테인이 저주를 건 이유가 그저 아젤을 죽이기 위해서가 아닐 거라고 말했다. 그 이면에 뭔가 심오한 의미가 숨어 있는 것을 확신하는 태도였다.

칼로스가 말했다.

〈용마장군이야.〉

"무슨 소리야?"

〈아테인은 너를 새로운 용마장군으로 삼을 생각이었던 거야, 아젤.〉

"뭐어?"

아젤은 황당함을 감추지 못했다. 무슨 말도 안 되는 소리란 말인가?

하지만 칼로스는 진지했다.

〈지금 상황을 보자. 용마장군들의 용마기는 고스란히 보존되었고 시신조차 남기지 못하고 죽었던 레이거스는, 다른 불사체와는 격을 달리 하는 특수한 불사체로 되살아났지? 그리고 시신을 수습했던 알마릭은 완전히 되살아났어. 어떻게 그런 일이 가능했을까?〉

"심지어 아테인 본인도 부활하려고 하고 있지. 라우라는 아마도 그게 위대한 어둠으로 인해 가능할 거라고 하던데……."

〈정답이야. 그들이 위대한 어둠에 근원을 두고 있기에 되살아날 수 있는 거야.〉

"위대한 어둠이라는 게 대체 무엇이기에 그런 기적을 일으킬 수 있는 거지?"

〈한마디로 뭉뚱그려서 말하자면… 흠. 그래, 그건 초월자의 권세를 손에 넣었던 자들과 자신이 불멸이기를 바랐던 자들의 무덤이야.〉

"무덤?"

〈죽을 수도 없는 자들과 죽었지만 영원하기를 바라는 자들에게 영면을 약속하는 무덤.〉

"…너무 마법사가 좋아할 표현이라 무슨 소린지 모르겠는데?"

〈하하하. 자세히 풀어서 설명하자면 한도 끝도 없어. 하지만 꼭 짚고 넘어가야 하는 존재를 말하자면, 아주 오래전에 벨런이라는 작자가 있었어.〉

"뭐하는 놈인데?"

〈죽음의 왕, 혹은 시원(始原)의 흑마법사라고 불리던 존재야.〉

"엄청 거창한 칭호인데? 그런 것치고는 들어본 적이 없는데……."

〈묻혀 버린 신화니까. 하지만 분명 한때 세상을 멸망의 위협에 떨게 했던 존재지. 지상의 수많은 존재 중 최초로 죽음을 거부하고 불사체가 되어 일어난 자, 그리고 그 경험을 바탕으로 최초로 죽음을 희롱하는 사령술을 창시한 자.〉

그것은 예전에 레이거스가 차네스에게 들려줬던 것과 동일한 이야기였다.

'생명이 고통받는 이유는 살아 있기 때문이다. 따라서 지상의 모든 존재를 생사를 초월한 불사체로 만들어 생로병사의 고통에서 해방시키겠다!'

그런 야심을 실행에 옮겼던 미치광이.

문제는 당시의 벨런에게는 그럴 만한 힘이 있었다는 것이다. 최초로 죽음을 거부한 그는 온갖 재앙으로 세상을 뒤흔들며 무수한 죽음을 만들어냈다.

〈그러다가 결국 아테인과 알마릭, 레이거스의 손에 쓰러졌지.〉

"그놈들이 한때는 세상을 구했던 영웅이더라 하는 게 그 이야기군."

〈그 이야기만은 아니지만, 어쨌든 그중 일부이기는 해.〉

하지만 아테인조차도 벨런을 죽일 수는 없었다. 벨런은 죽음을 초월한, 당시의 기준으로는 신이라고 불리기에 충분한 존재였기 때문이다.

〈아테인은 벨런을 깨어나지 못하는 잠에 빠져들게 하고 봉인했지. 그러기 위해 동원된 수단이 위대한 어둠이었어.〉

그 속에 갇힌 존재는 벨런만이 아니었다. 이전에도, 이후에도 있었다.

세계가 감당할 수 없는 존재, 광기로 인해서 세상의 존립을 위협하는 초월자들이 차례차례 아테인에게 쓰러져서 위대한 어둠에 봉인되었다.

이상한 일이지만, 세상의 이치를 초월해 불멸에 도달한 자들은 하나같이 미쳐 있었다.

그들은 눈앞의 세상을 인정하지 못하고 자신의 극단적인 특성에 맞게 재편하고자 했다. 그때마다 아테인과 동료들이 그들과 맞서 세상을 지켜냈다.

〈…그리고 봉인된 그들의 권능이 위대한 어둠을 이루었지.

이건 내 추측이지만, 아마 아테인도 예상 못한 일이었을 거라고 생각해. 아테인은 그저 한없이 불멸에 가까운 그들의 권능을 무작정 가둘 수는 없다는 판단에 방도를 만들어냈는데 그것이 위대한 어둠으로 발전한 거지.〉

결코 멸할 수 없는, 무한히 회복하는 존재를 영원히 가두어 둘 수 있을까?

불가능하다.

아테인은 그들을 잠재우고 존재를 봉하는 동시에 그 힘을 끝없이 소진시킬 방도를 만들어냈다.

그들의 힘을 추출, 아테인 자신을 기둥으로 삼아서 대륙 전체를 아우르는 거대한 힘의 순환구조를 만들어낸다. 그들 스스로의 힘으로 그들을 가둬두고, 끊임없는 손실을 일으키고자 한 것이다.

그런데 그들의 권능이 뒤섞여 어마어마한 가능성을 잠재한 위대한 어둠으로 변화했다.

〈위대한 어둠은 이미 마법조차 초월한 무언가야. 아테인이 만들어냈지만 이미 세계의 일부가 되었어. 세계를 할퀸 흉터 자국을 남기는 위대한 비의가 된 거지.〉

"그 벨런이라는 놈의 권능이 놈들이 부활할 수 있었던 이유라는 건가?"

〈그중 일부지. 불사체를 만드는 힘으로는 특별한 불사체는 만들 수 있지만, 죽은 자를 온전히 되살릴 수는 없어. 일단 레

이거스는 벨런의 권능을 기반으로 이루어낸 성과라고 할 수 있지.〉

"흠. 이야기가 많이 샌 것 같은데… 나를 용마장군으로 삼으려고 했다는 건?"

〈결론을 이해하기 위해 필요한 이야기야. 아테인이 건 저주의 목적은 너를 위대한 어둠의 일부로 만드는 거였어.〉

"음?"

〈알마릭이나 레이거스처럼 위대한 어둠에 종속된 존재가 되었을 거라는 뜻이야.〉

"그런……."

아젤이 숨을 삼켰다.

그 말인즉슨, 아테인의 저주로 인해 죽었다면 알마릭처럼 이 시대에 되살아났을 거라는 의미가 아닌가?

〈그래, 아테인에게 복종하는 새로운 용마장군으로서.〉

"……."

아젤은 간담이 서늘해졌다. 아테인에게 그런 꿍꿍이속이 있었을 줄이야.

〈그 시도는 실패로 끝났지. 나는 겨우겨우 저주의 실체를 파악해서 네게 걸려 있던 저주를 없앨 수 있었어.〉

"그게 내가 잠든 지 100년을 훨씬 넘은 시점이었다면……."

아젤은 불길한 예감을 느끼며 물었다.

"그때의 너는, 지금과는 달랐던 거야?"

〈아니.〉

"그럼 어떻게 그럴 수 있었지?"

칼로스는 이곳에서 나갈 수가 없는 몸이다. 그때도 마찬가지였을 것이다.

그리고 수호그림자가 탄생한 것은 그보다 훨씬 나중의 일이다. 즉 그의 수족이 되어 일을 처리할 존재도 그때는 없었을 것이라고 추측할 수 있다.

〈역시 날카롭구나, 아젤. 그건…….〉

칼로스가 씁쓸함이 실린 목소리로 말했다.

〈내가 위대한 어둠의 일부가 되었기 때문이야.〉

5

아젤이 칼로스와 이야기하고 있는 동안, 다른 일행들은 라우스 안에 형성된 통로를 지나며 오싹함을 느끼고 있었다. 카이렌이 위스퍼링으로 말했다.

─오싹하군. 아무리 봐도 이것들 전부 다 불사체인데?

통로를 따라서 무수한 석함들, 어둠으로 가득 찬 옷자락, 갑옷 등이 늘어져 있었다. 그것들은 아무리 봐도 불사체를 담는 그릇들이었다.

유렌이 말했다.

─그러게요. 다 꽤나 강력한 불사체들이에요. 수호그림자하고도 비슷한데…….

그들이 풍기는 느낌은 예언지킴이들이 데리고 다니던 '잠들지 못하는 수호자들'과도 비슷했다. 보통의 불사체와는 다른 특성, 그리고 강력함을 지닌 존재들이리라.

카이렌이 의문을 품었다.

─이만한 전력이 있으면 왜 투입하지 않은 거지? 싸움을 훨씬 쉽게 풀어나갈 수 있었을 텐데…….

잠들지 못하는 수호자들은 강력한 존재들이었다. 예언지킴이에게 존재가 귀속된다는 제한이 있기는 했지만, 그들의 수가 많았다면 용마왕 숭배자들의 활동은 지금보다도 훨씬 위축되었을 것이다.

'석연치 않군.'

그러는 동안 일행은 목적지에 도달했다. 통로 중간에 좀 넓은 공간이 나오면서 그곳에 일행을 위한 물건들이 준비되어 있었다.

불사체가 말했다.

〈자신의 이름이 새겨진 석비 위를 보시오.〉

그 말대로 공간에는 카이렌, 라우라, 레티시아, 유렌의 이름이 새겨진 넓은 돌기둥들이 있었다. 그 위에 있는 것은 강력한 마법이 깃든 물건들이었다.

"정말 우리를 위해서 맞춤으로 준비해 둔 것 같군."

카이렌이 혀를 내둘렀다. 그를 위해 준비된 것은 예전에 입고 다녔던 것과 비슷한 검은 갑옷, 그리고 용검과 비슷한 형태의 검이었다. 용마력이 깃들지는 않았지만 강력한 마법 무구들임을 알 수 있었다.

레티시아에게는 새로운 창과 갑옷이, 라우라에게는 칼로스의 지식이 담긴 마법서와 강력한 마법이 깃든 코트, 그리고 세트로 맞춘 듯한 장신구들이 전해졌다.

"다들 그런 것 같은데 왜 나만?"

유렌이 우는 소리를 냈다. 그도 그럴 것이 그에게 전해진 것은…….

"달랑 그것뿐인가?"

카이렌이 황당해했다.

유렌에게 주어진 것은 주먹만 한 철제 상자 하나뿐이었다. 유렌이 눈살을 찌푸렸다.

"와, 우리 조상님이라서 기대 많이 했는데 이럴 수가."

"역시 자네는 외모가 닮긴 했지만 후손이 아닌 게……."

"그럴 리가 없다니까요. 아젤도 그렇지만 알마릭이 하는 말 들으셨잖아요?"

유렌은 투덜거리면서 상자를 들고 이리저리 살펴보았다. 아무런 특성도 안 보이는 상자였지만 마력을 주입하는 순간 변화가 일었다.

─내 후손인 유렌 리제스터에게.

마력을 주입하자마자 머릿속으로 칼로스의 목소리가 들려온 것이다.

—이것은 희망의 상자다.

'희망의 상자?'

—이 상자를 열면 너는 돌이킬 수 없는 파멸을 맞이하게 될 것이다.

희망의 상자라는 이름과는 전혀 어울리지 않는 설명이었다.

—하지만 단언컨대 그 대가로 너는 단 한 번만은 그 어떤 위기가 닥쳐오더라도 타파할 수 있을 것이다.

'자폭용이라는 거군요.'

유렌이 구시렁거렸다. 즉 자신의 목숨을 희생해서 어마어마한 힘을 얻을 수 있는 도구라는 것 아닌가?

하지만 설명은 아직 끝나지 않았다.

—그리고 너는 진실을 알게 될 것이다.

'진실?'

—반드시 알아야 할 진실을. 네가 일으킬 기적은 그 진실의 대가라고 할 수 있겠지. 선택은 네 몫이다. 내 후손이여.

칼로스의 설명은 거기서 끝났다. 하지만 유렌은 한참 동안이나 멍청하니 상자를 바라보고 있었다.

'진실? 무슨 진실을 말하는 거지? 설마 인도자의 정체라던가?'

짚이는 것은 많지만 콕 집을 수가 없는 찝찝함에 유렌이 눈
살을 찌푸렸다.

6

두 사람 사이에 무거운 침묵이 내려앉았다.

"……"

하지만 아젤은 잠시 표정을 굳혔을 뿐, 차분하게 칼로스의
이야기를 기다렸다.

칼로스는 그런 그의 태도에서 신뢰를 읽었다. 무슨 일이 있
어도 흔들리지 않을, 설령 그와 적대하는 상황이 오더라도 그
이면에 납득할 만한 이유가 있을 거라고 여길 절대적인 신뢰
를.

'아아……'

누군가에게 그런 신뢰를 받을 수 있다는 것은 얼마나 감동
적인 일인가?

자신의 삶은 틀리지 않았다. 이런 몸이 되어가면서까지 추
구해 온 일들은 잘못된 것이 아니었다.

칼로스는 자신이 더 이상 눈물을 흘릴 수 없다는 사실을 안
타까워했다.

기나긴 세월이었다.

인간의 일생을 초월하는 긴 시간 동안, 굳건한 신념으로 무

장하고 미래를 위한 투쟁을 계속해 왔다.

하지만 아무리 강한 신념을 가졌더라도 인간은 끝없이 흔들리는 존재다.

바위 같은 자연물조차도 세월의 풍파 속에서 풍화되어 변한다. 하물며 살면서 끊임없이 변하는 것이 당연한 인간이 한결같기란 얼마나 어려운 일인가?

칼로스 역시 마찬가지였다.

아무도 지지해 주는 사람 없이 홀로 싸움을 계속하는 동안 끊임없이 후회하고, 회의하고, 절망했다.

〈아젤.〉

칼로스는 자신이 더 이상 환하게 웃는 얼굴을 보여줄 수 없다는 사실을 안타까워했다.

〈너를 다시 만난 것만으로도… 내 지금까지의 고통은 보상받았어.〉

희망이 있었다.

언젠가, 자신의 영혼이 절망에 닳아 없어질지라도… 자신이 틀리지 않았다고 말해줄 사람이 있을 거라고.

하지만 그 말을 해주는 사람이 누구라도 상관없었던 것은 아니다.

오직 한 사람, 자신이 무슨 수를 써서라도 살려서 미래를 주고 싶었던 사람을 기다려 왔다. 그가 자신이 기억하고 있는 것처럼 강건하고 믿음직한 모습으로 나타나서 웃어주길 바랐다.

절망의 어둠 속에서 인내해 온 시간은, 지금 이 순간 보상받았다.

아젤이 피식 웃었다.

"실없는 소리 하기는. 넌 예나 지금이나 그게 문제야. 괜히 의미심장한 척하면서 사람 반응을 시험하지 말라고. 우리 이미 서로 시험할 거 다 시험한 사이잖아?"

〈그래도 200년도 넘게 지나고 보니 옛날 버릇이 고개를 들더라고.〉

쾌활하게 말한 칼로스가 설명했다.

〈이미 알다시피 수호그림자를 만든 것은 나야. 하지만 내 힘만은 아니었지.〉

수호그림자는 놀라운 마법, 아니, 마법조차 초월한 경이다.

세상 모든 사람을 감시망으로 써서 용마왕 숭배자들을 포착한다. 그리고 용마왕 숭배자에게 씻을 수 없는 원한을 품은 채로 죽은 자들을 자신의 일원으로 받아들인다.

〈근본적으로 수호그림자의 구조는 위대한 어둠과 비슷해. 위대한 어둠을 이용해서 만들어졌으니 당연하지.〉

위대한 어둠은 벨런을 비롯한 봉인된 초월자들을 '기둥'으로 삼는다.

하지만 그들만이 있는 것이 아니다. 아테인이 직접 거둔, 필멸자이면서도 영원을 바란 자들이 그 일부가 되어 거대한 영혼의 군집체를 만들어내고 있었다.

〈그들 중 일부는, 이 초월적인 힘을 증거하는 존재로서 세상에 나타날 수 있어. 레이거스나 알마릭처럼.〉

그들의 본질은 위대한 어둠에 있다. 그렇기에 죽는다 하더라도 되살아난다.

육체가 있으면 살아 있을 때 그대로, 육체가 파괴되었다면 불사체로서.

〈그것을 이루는 핵심은 빌런의 권능이지만, 그 외에도 수많은 존재의 권능에 아테인의 비술이 더해진 결과지. 나는 위대한 어둠의 일부가 되면서 그 힘이 일부를 훔쳐서 아테인과는 독립된 비술의 축이 되었어.〉

그것은 마치 지금 어둠의 설원에서 다루는 위대한 어둠의 축이 아인세라와 알마릭 둘로 분화되어 있는 것과 마찬가지다.

칼로스는 모종의 과정을 통해서 아테인에게 종속되지 않는, 새로운 비술의 축이 되어 수호그림자를 만들었다.

〈예언지킴이들을 제외한 수호그림자는 불멸이야. 쉽게 죽일 수도 없을뿐더러, 죽인다 하더라도 시간이 흐르면 되살아나지.〉

"그래서 긴 시간 동안 그놈들과 투쟁해 왔는데도 계속 수가 불어난 건가?"

〈그래, 예를 들면 지금 이 산 밖에는 3천을 넘는 수호그림자가 모여 있어. 심지어 그들이 전부도 아니지. 그보다 더 많은 숫자가 대륙 곳곳에서 용마왕 숭배자들의 행사를 막는 중이야.〉

"3천이라면 지난번에 모였던 것과 거의 같은 숫자인데, 그보다 훨씬 많은 수가 있단 말야?"

〈용마왕 숭배자들에게 씻을 수 없는 원한을 품은 존재가 그토록 많았던 거야. 수호그림자의 비술이 시작된 지 아직 채 100년도 지나지 않았는데 말이지.〉

칼로스가 음산하게 웃었다. 그의 말대로 그 숫자만으로도 용마왕 숭배자들이 저지른 패악의 규모를 알 수 있었다.

〈예언지킴이가 수호그림자처럼 불멸이 아닌 이유는 알겠지?〉

"내게 용마기와 용마력을 전달하기 위해서였겠지. 하지만 왜 그런 방법을 쓴 거지?"

아젤은 잠들기 전, 칼로스에게 용마기를 모두 계승해 주었다. 그런데 왜 굳이 예언지킴이들을 이용해서 이 시대로 계승했는가?

〈필요했기 때문이지. 하늘을 가르는 검만은 잠든 너와 연결해서 보존할 수 있었지만 나머지는 그럴 수 없었어.〉

"왜 굳이 다른 이들에게 계승하지 않고……."

〈내 이기심이지. 언젠가 네가 돌아오면 돌려주겠다고 마음 먹었으니까. 결과적으로는 그게 현명한 판단이 되었지만.〉

확실히 그랬다. 칼로스가 아젤의 용마기들을 다른 누군가에게 계승해 주었다면 용마왕 숭배자들에 의해서 없어졌을 테니까.

〈그렇다고 모든 용마기를 보존해 두려고만 했던 것은 아니야. 두 개의 용마기는 계승해 주었어.〉

하나는 아젤의 뒤를 이어 카르자크 후작위를 이은 양자에게, 또 하나는 제국의 유망한 젊은 영웅에게.

하지만 둘 다 후대로 계승되지 못했다.

〈그리고 하나는… 내가 날려 먹었지.〉

"뭐?"

〈그 이야기는 조금 있다가 할게.〉

황당해하는 아젤에게 칼로스가 진정하라고 손짓해 보였다.

칼로스의 설명에도 아젤은 의문이 남았다. 이미 그는 예외 사례를 보았기 때문이다.

"용마장군들의 용마기는 위대한 어둠에 보존되었잖아?"

〈나도 그렇게 했지. 하지만 아테인처럼 완벽하게 보존할 수는 없었어. 시간이 흐르니 점점 마모되어 가는데 막을 방법을 찾지 못했거든. 결국 나는 살아 있는 그릇을 필요로 했고, 그런 필요성이 예언지킴이를 낳은 거야.〉

"그랬던 건가……"

〈위대한 어둠에 속했다고 해서 내가 아테인이 할 수 있는 일을 똑같이 할 수 있는 것은 아니야. 저들이 수호그림자를 만들 수 없었듯, 나도 아테인이 안배해 놓은 일 중에 모방할 수 있는 게 있고 없는 게 있지. 레이거스가 불사체 주제에 용마기도 쓰고 일시적으로는 용마력까지 쓰는 것을 봤지?〉

"아, 그건 정말 말이 안 나올 지경이었지."

〈그것도 레이거스와 혼쇄의 인이 위대한 어둠에 속한 존재이기 때문에 가능한 일이야. 내가 예언지킴이들에게 용마기와 용마력을 보존시키고 대신 불로(不老)의 힘을 부여한 것도 그 응용이었고.〉

"후손들에게는 참 많은 빚을 졌어."

아젤이 쓴웃음을 지었다.

예언지킴이들이 얼마나 경이로운 마법의 산물인지는 상관없다. 그저 그들이 해온 일에 경의를 표하며 의지를 이어갈 뿐이다.

칼로스가 허공에 시선을 던지며 말했다.

〈몹쓸 짓을 했다고는 생각해. 하지만 달리 방법이 없었어. 그들에게나, 나에게나…….〉

"너를 탓하려고 한 말이 아니야."

〈알아.〉

칼로스가 자조적으로 웃었다. 그리고 말을 이었다.

〈나는 위대한 어둠의 일부를 장악하고, 그걸 기반으로 수호그림자를 만들었지. 예언지킴이들은, 불멸이 아닌 대신 특

별한 권능을 쓸 수 있었어.〉

알파가 시선만으로 불사체의 힘을 억누를 수 있었던 것은 칼로스가 벨런의 권능 일부를 부여했기 때문이다.

오메가가 아인세라가 통제하는 위대한 어둠을 엿볼 수 있었던 것은 그들의 본질이 위대한 어둠에 속해 있었기 때문이다.

〈…아테인이 살아 있었다면 불가능했을 일이야. 즉시 내 존재를 알아차리고 대응할 수 있었겠지. 하지만 아인세라도, 알마릭도 그저 아테인이 설정한 권한을 받은 관리자였을 뿐.〉

그저 아테인이 만들어둔 시스템을 굴리는 것이 아인세라의 한계였다. 그것만으로도 그녀의 자아는 마모되고 말았다.

"아운소르와 발타자크를 부활하지 못하게 막은 것도 너겠지?"

〈맞아. 방금 전에 말한 이유로… 그리고 또 다른 강점 때문에 가능했지.〉

위대한 어둠의 일부가 된 것은 네 명의 용마장군 모두가 마찬가지였다.

하지만 부활한 것은 레이거스와 알마릭뿐, 아운소르와 발타자크는 결국 부활하지 못하고 진정한 의미에 죽음을 맞이했다. 그것은 칼로스가 위대한 어둠 속에서 이뤄낸 위업이었다.

〈레이거스와 알마릭 말고 그들을 묻어버린 것이 우연이 아니라는 것쯤은 알겠지?〉

"선택의 결과물이겠지. 너는 언제나 최적의 결과를 얻으려고 하니까."

〈그래. 사실 레이거스나 알마릭을 노렸다면 거기에 둘 중 하나를 더해서 셋을 묻어버릴 수 있었을지도 몰라. 하지만 난 그러지 않았지.〉

둘은 확실히 묻을 수 있다. 그런 확신으로 싸움을 전개했기에 칼로스는 아운소르와 발타자크를 선택했다.

그들이 마법사, 그것도 전투적인 측면만 놓고 보면 아테인과 필적한다고 여겨지는 대마법사였기 때문이다.

"그들이 부활한다면 위대한 어둠을 관리하는 것에 그치지 않고 훨씬 잘 다룰 수도 있다고 여겨서였던 거지?"

〈정답이야.〉

만약 그랬다면 수호그림자는 지금쯤 존재하지 않았을지도 모른다.

칼로스가 화제를 돌렸다.

〈아젤, 전에 내 사념체가 말했지? 네가 잠든 후에 세상을 위협한 일이 두 번 있었다고.〉

"그랬지."

칼로스의 사념체는 말했다. 인류의 존재 그 자체에 적대적인 재앙들이 나타났으며 그들이 풀려난 것은 아테인의 죽음 때문이었다고.

"지금까지 한 이야기의 맥락상, 그들은 위대한 어둠에 봉인된 존재였겠군."

⟨그래.⟩

"너는 그들을 막는 과정에서 그런 상태가 된 거고."

⟨맞아.⟩

칼로스가 어깨를 으쓱했다. 그리고 설명했다.

⟨너는 별로 궁금하지 않을지도 모르지만 그들이 어떤 존재였는지 설명하는 것은 중요한 일이야.⟩

"두 번째는… 말하지 않아도 알 것 같아."

⟨그렇지? 하지만 일단은 첫 번째부터 이야기하자. 봉인에서 풀려난 첫 번째 존재는 나와 용마전쟁에서 살아남은 우리의 동료들… 그리고 젊은 애들이 힘을 합쳐서 막아낼 수 있었어. 나는 그 일로 인해서 위대한 어둠의 위험성을 인지하고 연구하기 시작했지.⟩

"어떤 존재였지?"

⟨최초로 용마기를 만들어낸 자, 익세르.⟩

놀란 아젤이 눈을 크게 떴다.

⟨나중에 아발탄에게 들은 바로는 오성국 시대의 존재라고 하더군. 아테인의 후손이라던가?⟩

"나도 들었어. 여자 용마족이었다지?"

⟨그 영감이 너한테도 이야기해 줬나 보군?⟩

"지나가듯이. 중요한 건 아무것도 이야기해 주지 않았지."

아젤이 구시렁거렸다. 이 정도는 미리 이야기해 줬으면 좋았을 것 아닌가?

칼로스가 킬킬 웃으며 말했다.

〈그녀는… 그래. 마법사가 아니라 용령기 수련자였고, 최초로 용마기를 만들어내면서 품어서는 안 되는 소망을 현실화시켰어.〉

"어떤 소망이기에?"

〈불사(不死).〉

"……."

〈스스로의 불사가 아니라 타인의 불사. 지금보다 인간이 훨씬 쉽게 죽어나가던 시절에… 그녀는 자신이 아끼던 인간들이 죽어가는 것을 견딜 수 없었던 모양이야.〉

그러나 아무리 용마기가 놀라운 능력을 발휘한다고 하더라도, 그것은 이룰 수 없는 소망이었다.

〈결과적으로 그것은 저주가 되었지. 익세르 자신은 불사의 존재가 되었으되 그녀가 사랑하여 불사를 선사하려던 존재들은, 완전한 불사도 아니고 심지어 더 이상 그녀가 사랑하던 존재가 아니게 되었어.〉

"괴물이 되었다는 건가?"

〈그렇지. 동족을 먹어가면서 생을 계속 연장시킬 수 있는 괴물이.〉

심지어 그 저주받은 존재들은 질병처럼 퍼져 나가기까지 했다. 익세르가 용마기로 저주받은 영생을 부여한 존재들은 독자적으로 자신과 같은 존재를 만들 수 있었던 것이다.

영생을 대가로 인간성이 파괴되고, 인간으로서 번식할 수도 없이 그저 인간을 포식하고 자신의 저주를 질병처럼 타인에게 전염시킬 수 있는 존재.

〈인간을 먹지 않으면 존재할 수 없고, 그 욕구를 자제할 수 없으며, 그러면서도 놔뒀다가는 필연적으로 인간을 멸살시킬 존재.〉

그리고 인간을 멸살시킨 후에는 자신들도 파멸할 수밖에 없는 운명을 가진 존재들이었다.

〈그래서 아테인은 익세르를 위대한 어둠에 봉하고, 저주받은 존재들의 영혼도 위대한 어둠의 일부로 삼았지.〉

"……."

아젤은 할 말을 잃었다. 정말로 인류의 존립을 위협하는 존재가 아닌가?

〈고대의 존재 주제에 어마어마하게 강해서 우리도 겨우 막았어. 우리는 아테인과 달리 죽이는 데 성공했지.〉

"불멸의 존재라면서? 그럴 수가 있나?"

〈오성국 시대의 아테인과는 달리 우리에게는 아젤 네가 제시한 답이 있었으니까. 네가 아테인을 죽였던 바로 그것.〉

"극멸을 말하는 거야?"

아젤이 오랫동안 말하지 않았던 용어를 떠올리고 물었다.

7

극멸(極滅).

그것은 용마전쟁 때 아젤이 최후에 도달한 경지였다.

충만한 용마력이 열세 용마기의 연계로 극대화, 빛으로 화한 검이 하늘을 가르고 무한에 가까운 검의 해일을 일으킬 때… 한곳으로 집중된 그 힘은 세상에 존재하는 모든 것을 멸할 수 있는 궁극의 파괴 현상을 일으킨다.

그것이 바로 극멸.

오직 광검해를 통해서만 일으킬 수 있었던 현상이었고 그게 아니었다면 아테인을 상대로 승리할 수 없었으리라.

"결국 재현하는 데 성공했나 보군?"

〈아주 까다로운 제약 조건들이 따라붙었지만 재현 자체에는 성공했어. 그걸로 아테인조차 멸할 수 없다고 판단해서 봉인했던 존재조차 쓰러뜨릴 수 있었지.〉

"하지만 아테인은 부활하잖아?"

〈아테인은 불멸의 존재가 아니야. 다만 위대한 어둠에 근본을 두었을 뿐이지. 실제로 그는 네 검에 죽었잖아?〉

그러나 위대한 어둠에 근본을 두었기에 시간이 지나면 부활한다. 죽일 수 있지만 위대한 어둠이 존재하는 한 언젠가 다시 부활하는 존재, 그것이 아테인과 용마장군이다.

"하긴……."

아젤은 납득했다.

최종 결전에서 아테인을 쓰러뜨렸을 때, 극멸은 아주 중요한 역할을 했다. 성채보다도 강건했던 아테인의 방어마법들을 일거에 깨고 아테인에게 치명상을 입혔던 것이다.

하지만 아테인을 죽인 것은 극멸이 아니라 빛으로 화한 하늘을 가르는 검이었다. 아테인이 극멸로 죽었다면 저주는커녕 유언도 남기지 못하고 사라졌으리라.

칼로스가 말을 이었다.

〈그에 비해 우리가 쓰러뜨린 익세르는 극멸을 제외한 그 어떤 수단으로도 멸할 수 없었어. 그야말로 불멸.〉

아젤에 의해서 극멸 현상이 발견되기 전까지 아테인이 봉인한 존재들은 그야말로 불멸이었다.

그들도 칼로 찌르면 상처 입고, 활동하면 기력이 쇠하는 존재들이다. 그러나 무한히 회복한다. 아무리 육체를 파괴하고 기력을 소진시킨다 한들 죽음에 도달하지 않는다.

〈그러나 극멸이라는 수단이 발견된 이상, 그들은 더 이상 진정한 불멸이 아니었지. 그리고 그들은 한 번 죽으면 부활하지 못해.〉

"…그렇다면 그게 바로 위대한 어둠을 파괴할 해답이기도 한가?"

〈바로 맞췄어.〉

칼로스가 손뼉을 쳤다.

아젤이 짚은 것은 칼로스가 말하고자 하는 핵심 중에 하나 였다.

위대한 어둠을 파괴해야 한다. 위대한 어둠을 없애지 않는 한 아테인은 몇 번이고 되살아난다.

문제는 현실적으로 파괴할 방법이 없다는 점이다.

기둥들은 하나같이 불멸의 존재들이었다. 아테인조차도 멸할 수 없어서 봉인해 둔 것이다.

게다가 그들은 하나하나가 인류의 존망을 위협했던 재앙 들이었다. 인류에게 있어서는 용마전쟁에 필적하는 신화 속 의 강대한 악.

〈이제는 달라. 극멸이라는 수단이 있는 이상, 그리고 그것 을 행할 수 있는 네가 있는 이상… 모든 것을 끝낼 수 있어.〉

"너도 할 수 있었잖아? 네가 극멸을 재현한 이상 그 비술의 요체를 전해준다면……."

〈아주 까다로운 조건이 따라붙었다고 말했지? 아젤, 어째 서 너만이 역사상 최초로 극멸에 도달했는지 알고 있어?〉

극멸은 아젤에 의해서 '발견된' 현상이었다. 마법의 시조 이며, 세계의 법칙을 변혁시켜 온 아테인조차도 아젤과의 싸 움에서 극멸을 접하고 혼비백산하지 않았던가?

아젤은 잠시 생각해 보고 대답했다.

"하늘을 가르는 검인가?"

〈바로 맞췄어. 시작은 뇌격이었지만 결국은 빛 그 자체를 지배하는 데 이르렀던, 물질을 광화하고 빛을 물질화하는 것이 가능한… 실체와 비실체를 자유자재로 넘나드는 현세의 이치를 초월하는 너의 용마기.〉

용마전쟁 당시 완전한 용마력, 여덟 개의 생명의 고리, 그리고 열세 개의 용마기를 지닌 아젤이 순간적으로 발할 수 있는 힘은 아테인과 필적했다.

하지만 극멸은 그저 강대한 힘을 발휘할 수 있다고 도달할 수 있는 것이 아니었다.

그 힘을 한 지점에 막대한 밀도로 집중할 수 있다고 해서 도달할 수 있는 것도 아니었다.

두 가지 조건을 충족시키면서 동시에 현세의 이치를 뛰어넘는 고차원적인 권능을 더해야 했다. 하늘을 가르는 검은 그 영역에 도달한 용마기였다.

그림자의 춤으로 여러 곳에 동시에 있을 수 있는 능력을 지닌 아젤이 광화로 어디에나 원하는 순간에 도달할 수 있는 능력을 지닌 하늘을 가르는 검을 쥐었을 때, 사람이 상상하는 시간과 공간의 제약을 초월한 경지에 도달한다. 그런 아젤이 아니었다면 도저히 아테인을 일대일로 쓰러뜨릴 수 없었다.

〈내가 아무리 노력해도 하늘을 가르는 검의 능력을 모방할 수 없었어. 다른 용마기의 능력은 시간과 노력을 들이면 어떻

게든 모방할 수 있었는데 말이지.〉

　그래서 하늘을 가르는 검을 아젤과 함께 보존했다. 무슨 일
이 있어도 유실되어서는 안 된다고 판단했기 때문에.

　〈하늘을 가르는 검이 없이 극멸 현상을 일으키기 위해서는
희생이 필요했어.〉

　"무슨 희생?"

　〈용마기를 제물로 써야 해.〉

　"……."

　아젤이 숨을 삼켰다.

　칼로스의 말이 의미하는 바는 명백했다.

　〈극멸 현상을 한 번 일으키기 위해서 최소한 하나의 용마
기를 희생시켜야 한다는 뜻이야. 그것도 일정 수준에 도달하
지 못한 용마기는 안 돼. 그리고 일정 규모 이상의 파괴력을
얻기 위해서는 그만한 용마기가 필요하지.〉

　"그럼 설마……."

　〈그래, 내 용마기를 썼지.〉

　용마기는 단순한 도구가 아니라 영혼의 분신이다. 오랫동
안 용마기를 연마해 온 칼로스에게 있어서 그것은 사선을 함
께 넘어온 벗과도 같았으리라.

　그런 용마기를 단 일격을 위해 희생시킬 때의 기분은 어떠
했을까? 칼로스가 느낀 상실감을 아젤은 상상하기도 어려웠
다.

칼로스가 말했다.

〈두 번째는 정말 암담했어.〉

두 번째 재앙을 마주쳤을 때, 칼로스는 절망을 느껴야만 했다.

첫 번째 재앙, 최초로 용마기를 만들어낸 용마족 익세르를 쓰러뜨리는 것만으로도 막대한 피해를 입었다. 두 번째 재앙을 막아낼 수 있다는 확신이 없었다.

〈나 개인의 힘도 그랬지만, 그때는 이미 동료들이 거의 남아 있지 않았어. 나를 따라서 여기까지 올 수 있는 사람은 더더욱 적었고.〉

익세르를 상대할 때도 용마전쟁을 겪은 역전의 용사 대부분이 노쇠해서 전성기의 전투력을 잃거나 이미 죽은 뒤였다. 그렇게 살아남은 자 중 많은 이가 죽었다.

〈그리고 또 시간이 흐르면서 우리의 친우들이 하나씩 하나씩 사자의 세계로 떠났지.〉

물론 새로운 세대 중에서도 탁월한 재능을 갖고 그것을 개화시킨 자들이 나왔다. 하지만 용마전쟁 때에 비해서 절박함이 부족해서였을까? 정말로 도움이 될 만한 자들은 소수였다.

〈나는 익세르와의 싸움을 계기로 위대한 어둠을 인지하고 본격적으로 연구했기 때문에 두 번째 재앙이 언제, 어디서 깨어날지까지 예측할 수 있었지.〉

"그 재앙이 바로 벨런이었고?"

〈그래.〉

두 번째 재앙은 바로 죽음의 왕 벨런이었다.

생사필멸의 이치를 초월하여 스스로 죽음을 거부한 최초의 불사자.

〈다행히 준비할 시간은 충분했지. 나는 같이 싸울 동료들을 모으는 한편, 비장의 수를 준비했어.〉

벨런이 어느 정도로 강력한지에 대해서는 전혀 알 수가 없는 상황이었다. 고대의 마법사이니만큼 의외로 굉장히 취약할 수도 있었고, 익세르처럼 강력할 수도 있었다.

분명한 것은 그에게 시간을 주어서는 안 된다는 것이다. 그가 이 시대의 정보를 수집하기 전에, 현세의 마법을 접해서 마법사로서 발전하기 전에 끝장을 내야 했다. 머나먼 아티산 산맥까지 동료들을 이끌고 온 이유가 그것이었다.

싸움이 시작될 시점을 알고 있었던 칼로스는 아직 현세에 대한 정보가 없는 벨런을 향해 궁극의 한 수를 썼다.

〈시작부터 극멸을 날렸지. 미안해. 그때 네 용마기를 하나 날려먹은 거야.〉

"그랬던 거군……."

그 한 방이 제대로 들어간 덕분에 벨런을 상대로 완전한 우위를 점할 수 있었다.

하지만 극멸은 용마기의 희생 말고도 칼로스에게 상당한

반동을 주었는지라 싸움 중에 두 번 쓸 수는 없었다. 기습으로 끝내지 못한 것은 칼로스 입장에서는 통한의 실수였던 것이다.

이렇게 된 이상, 그를 멸하는 것은 불가능하다.

그렇다면 아테인처럼 봉인하는 것은?

그것조차도 불가능했다.

〈이유가 있었지.〉

아테인에게는 위대한 어둠이 있었지만 칼로스에게는 아무것도 없었다. 단순한 봉인 마법만으로는 벨런 같은 존재를 봉인해 두는 것은 불가능했다.

〈그래서 나는 결국 결단을 내리게 된 거야.〉

"……"

칼로스가 설명하지 않은 벨런을 봉인한 과정을 추측한 아젤의 표정이 일그러졌다.

"너 자신이 벨런을 봉하는 그릇이 된 거냐?"

〈정답이야.〉

어둠으로 뒤덮인 칼로스의 얼굴에서 웃음소리가 흘러나왔다. 슬프고 공허한 웃음소리였다.

8

칼로스는 스스로를 그릇으로 삼아 벨런을 봉인했다. 그것은 사실상 자신이 벨런이 된 것과도 같은 행위였다.

벨런을 봉인했다고 해서 칼로스가 곧바로 이 꼴이 된 것은 아니다. 위험성은 충분히 인지하고 있었지만 해결할 방법이 있으리라 생각했다. 칼로스는 당장의 승리를 기뻐하며 동료들과 함께 돌아가서 축배를 나누었다.

하지만 시간이 지날수록 절망적인 사실을 깨닫게 되었다.

'이 방법으로는 안 된다. 벨런이 봉인되었던 상태를 재현해야 한다.'

고뇌하던 칼로스는 결단을 내렸다. 점점 벨런의 권능에 잠식되어 불사체가 되어가는 몸을 이끌고 영봉 라우스로 향했다. 그곳에서 위대한 어둠의 일부가 됨으로써 마침내 봉인을 완성할 수 있었다.

그 대가는 보는 바와 같다.

자신을 이곳에 못 박아둔 채로, 죽지도 살지도 못하는 상태로 인간의 일생보다도 긴 시간에 풍화되어 가고 있었다.

아젤은 참담한 심정으로 칼로스를 바라보았다.

"…정말 그것밖에 방법이 없었던 거야?"

〈없었지. 그때가 아니라 지금 와서 생각해 봐도 다른 방법이 없었어.〉

그때 벨런을 막지 못했다면, 인류는 아테인이 부활하기도 전에 멸망했으리라.

〈수도 없이 후회하고 절망했지. 나는 옳은 일을 했다. 누군

가는 해야 하는 일이었고 나 말고는 할 사람이 없었다…….〉

알고 있다. 너무나도 잘 알고 있었다.

그래도 괴로웠다. 괴로움이 너무 커서 세상을 증오하게 되었다.

자신에게 끊임없는 희생을 강요하는 세계라면, 무지하고 이기적인 자들의 평화를 위해 이런 지옥 같은 고통이 영원히 감내해야 한다면…….

그렇다면 차라리 모든 것을 끝장내 버리는 쪽이 낫지 않을까?

〈언젠가 네가 깨어난다는 확신이 없었다면, 나는 세상을 증오하는 마왕이 되었을 거야.〉

언젠가 아젤이 깨어날 것이다.

그것이 칼로스의 결의를 지탱해 주는 유일한 끈이었다.

아젤이 돌아온다면 자신의 고행도 끝난다. 자신의 희생으로 굴러가는 세상을 증오하지 않고, 자신의 업을 이어받아 모든 일을 끝맺는 친구를 보며 웃을 수 있으리라.

〈너라면 끝낼 수 있어. 이 지긋지긋한 싸움에 종지부를 찍어줘.〉

"반드시……."

아젤은 눈물을 참으며 고개를 끄덕였다.

"…이 손으로 끝내겠어."

〈자, 그럼 이제 내 부탁을 말할 차례군.〉

아젤의 대답을 들은 칼로스는 지친 기색으로 말을 이었다.

〈나를 죽여줘, 아젤.〉

"…뭐?"

순간 아젤은 자신의 귀를 의심했다.

칼로스가 고개를 갸웃한다.

〈아, 죽인다는 표현은 온당치 않군. 나는 이미 죽은 자니까. 이 경우는…….〉

"장난하지 마!"

아젤이 버럭 소리를 질렀다. 목소리가 동요를 감출 수 없을 정도로 떨려 나왔다.

"지금 무슨 말도 안 되는 소리를……."

〈그러지 마, 아젤.〉

"뭐가?"

〈알고 있잖아. 어리광을 부릴 일이 아니라는 거, 네가 모를 리가 없어.〉

"……."

아이를 달래는 듯한 칼로스의 말에 아젤의 표정이 굳었다. 그리고 마치 얼음이 갈라지듯이 서서히 참혹하게 일그러졌다.

〈나는 이미 죽은 자야. 그리고 벨런과 표리일체이기도 하지.〉

이미 칼로스와 벨런은 동전의 양면이다. 어느 한쪽 면만을 없앨 수는 없다.

〈내 이야기를 듣는 동안, 너는 이미 알아차렸을 거야. 그렇지? 거짓말은 하지 마. 너 자신을… 아니, 나를 기만하지 말아줘.〉

"……."

아젤은 당장에라도 울 것 같은 표정을 짓고 있었다. 그 표정을 보는 칼로스가 웃었다.

〈애들도 아니고. 자신의 손으로 친구를 보내는 게 한두 번도 아니잖아? 왜 또 울려고 그래?〉

용마전쟁 때는 몇 번이나 있었던 일이다.

죽어가는 자의 고통을 덜어주기 위해, 저주받아 괴물로 변해가는 자가 인간인 채로 죽을 수 있게 하기 위해, 적에 의해 불사체가 되어 옛 친우들을 공격하는 자들에게 안식을 주기 위해…….

하지만 이 시대에, 다른 사람도 아닌 칼로스를 상대로 그런 일을 하게 되리라고는 한 번도 상상해 보지 못했다.

"그런, 어떻게 나보고 그런……."

〈너만이 할 수 있는 일이야.〉

칼로스가 허공을 올려다보며 말했다.

그의 얼굴은 볼 수 없지만 아젤은 왠지 그가 평온하게 미소 짓고 있을 거라는 느낌이 들었다. 살아가는 동안 졌던 모든 짐을 다 내려놓은 사람처럼.

〈아주 오랫동안 잠들지 못했어. 왜인지 알아?〉

"……."

〈내가 잠들면 벨런이 깨어날 것을 알아서였어. 늘 어둠을 들여다보면서 모든 것을 받아들여야 했지.〉

칼로스에게 있어서 지난 세월은 한순간의 휴식조차 허락되지 않는 지옥이었다.

그 시간을 감내할 수 있었던 것은, 이 순간이 올 것을 믿었기 때문이다.

〈난 이제 지쳤어. 아니, 아주 오래전부터 지쳐 있었지. 부디 내게 자비를 베풀어줘, 아젤.〉

"넌……."

아젤은 목이 메어서 쉽게 말을 잇지 못했다.

"…지독한 놈이야, 칼로스."

〈알아. 그러니까 이런 꼴이 되어서도 지금까지 버텼지.〉

칼로스는 자신의 가슴을 가리켰다.

〈이걸 뽑아. 내가 주는 마지막 선물이야.〉

끝이 둥글게 말리고 투명한 보석이 박힌 나무 지팡이가 칼로스의 가슴을 관통하고 있었다.

〈이걸 뽑으면 나는 풀려날 거야. 그리고…….〉

칼로스가 손을 들어 아젤을 가리켰다.

〈너와 싸우게 될 거야.〉

"……."

〈내가 아는 건 벨런도 알아. 봉인이 풀리는 순간, 벨런의 의식이 전면으로 부상할 거야. 그렇게 되면 얌전히 죽어줄 리가 없어.〉

"나쁜 자식……."

아젤이 이를 갈았다. 시야가 뿌옇게 흐려진다. 어느새 아젤은 자신이 울고 있다는 사실을 깨달았다.

칼로스가 그런 아젤에게 말했다.

〈약속했지?〉

"그래……."

아젤은 잠긴 목소리로 말하며 손을 뻗었다.

"네 소원대로 해준다, 이 개자식아."

〈오, 너한테 그런 욕 듣는 것도 간만이야.〉

아젤이 지팡이를 쥐자 칼로스가 그를 올려다보며 말했다.

〈아젤.〉

"……."

〈미안해.〉

그리고 아젤이 거칠게 지팡이를 뽑았다.

9

쿠르르릉……!

굉음이 울려 퍼지며 억겁의 세월 동안 우뚝 솟아 있던 영봉 라우스가 뒤흔들렸다.

처음 안내받은 장소로 돌아와 아젤을 기다리던 일행은 깜짝 놀랐다. 무슨 일이 벌어지고 있는 것일까?

"뭐지?"

카이렌의 표정이 굳었다.

무시무시한 힘의 파동이 퍼져 나간다.

하나가 아니다. 둘이다. 그리고 그중 하나는 일행에게는 너무나 익숙한 기운이었다.

"아젤이 하늘을 가르는 검을 초래했어."

라우라가 말했다. 동시에 그녀가 용마력을 전개했다.

—용마기 초래! 비탄의 잔!

유리로 만든 듯 투명한 비탄의 잔이 모습을 드러낸다. 라우라가 그것을 잡고 말했다.

"적들이 오고 있어."

일행은 일제히 자신들을 향한 시선을 느꼈다. 사방팔방에서 실체 없는 존재들, 사악한 힘에 지배당하는 사령들이 모습을 드러내고 있었다.

카이렌은 두 자루의 검을 뽑아 들면서도 당혹스러움을 감추지 못했다.

"이것들은 칼로스가 지배하는 것들이 아닌가? 어째서……."

"석연치 않기는 했지. 하지만 지금은 그 의문에 집중할 때가 아닌 것 같은데. 여기는 싸우기에는 너무 나빠. 상황을 알기 위해서라도 나가야 해."

레티시아가 빠르게 판단했다. 라우라가 고개를 끄덕였다.

"응."

곧바로 벽이 일그러지면서 눈물의 길이 전개된다. 카이렌이 입술을 깨물었다.

"어쩐지 너무 술술 풀린다 했더니."

그가 쌍검을 휘두르자 용마력이 폭풍처럼 퍼져 나가며 사령들을 휩쓸었다. 사념이 깃든 끔찍한 비명이 울려 퍼지는 가운데, 일행들은 눈물의 길을 통해서 라우스 밖으로 빠져나왔다.

그리고…….

"아젤이야."

라우라가 하늘을 가리켰다.

불꽃같기도 하고 뇌전 같기도 한 섬광이 하늘을 내달리고 있었다.

하늘을 가르는 검이다. 라우스의 한 부분에서부터 하늘로 뻗어 나가더니 어느 순간 구부러지면서 종횡무진 내달리기 시작한다.

"싸우고 있는 건 누구지?"

지금 아젤이 뿜어내는 힘은 무시무시하다. 그와 죽 함께해온 동료들조차도 경악할 정도로 엄청난 용마력 파동이 해일처럼 퍼져 나가고 있었다.

그런 아젤이 그려내는 빛의 궤적에 어둠의 궤적이 겹쳐져 있었다.

보는 순간 알 수 있었다. 저 어둠의 궤적 또한 어마어마한 마력의 집결체라는 것을.

질주하는 빛의 선이 어둠을 난타한다. 그 결과 어둠은 공처럼 허공을 튀어 다니면서 새카만 궤적을 그려내고 있었다.

쫘과과과과과광……!

뒤늦게 폭음이 지상에 도달하기 시작했다.

소리를 뒤에다 두고 내달리는 빛의 선, 그리고 그것과 어둠이 충돌할 때마다 막대한 충격이 발생한다. 일거에 산을 부수고 호수를 엎어버릴 그런 파괴력이.

라우라는 상황을 이해했다.

"아젤이, 적을 하늘로 끌고 올라갔어."

"왜 굳이?"

카이렌이 의아해했다.

적이 강대한 존재임은 직감적으로 알 수 있었다. 하지만 왜 하늘로 끌고 올라간단 말인가? 강대한 존재라면 동료들과 힘을 합쳐서 무찔러야 하지 않을까?

라우라가 고개를 저었다. 그녀도 같은 의문을 품고 있었다.

"몰라."

혼자 싸워야 할 필요성이 있어서?

아니면 혼자 싸우고 싶어서?

"흠. 내 생각에는……."

문득 레티시아가 한쪽을 바라보며 말했다.

"이것들을 우리한테 떠넘기려고 그런 것 같은데?"

라우라가 열었던 눈물의 길과 동일한, 공간왜곡으로 이루어진 통로가 암벽에 나타난다. 그리고 그곳으로 사령의 군세를 거느린 불사체들이 모습을 드러내기 시작했다.

그 선두에 선 불사체를 보며 카이렌이 물었다.

"적이 아니라고 하지 않았나?"

그들을 비고로 안내한 불사체였던 것이다. 뼛조각 하나 남지 않은 불사체가 어깨를 으쓱했다.

〈그때는 그랬지. 이성을 지닌 자들이 서로를 적대하는 상황이 영속적인가? 난 아니라고 알고 있는데, 내가 인간을 마지막으로 본 지 아주 오랜 세월이 흘렀으니 그동안 인간의 상식이 변했을지도 모르겠군.〉

"과연. 내가 보기에 네놈은 학자거나 마법사였던 것 같구나. 혀가 아주 쓸데없이 복잡하게 굴러가는 걸 보니."

〈칭찬 고맙군. 너희는 준비운동감으로는 딱 좋아. 우리에게 주인님을 도우러 갈 방법이 없으니, 너희를 없애는 것으로 도움이 되어야겠군.〉

"주인님? 칼로스?"

〈아까 전까지는 그렇게 불렸지.〉

아까 전보다 한층 더 묘한 뉘앙스를 지닌 말이었다.

그 말에 라우라가 한 가지 사실을 깨달았다.

"그렇구나. 하늘이야."

"음? 무슨 소리지?"

카이렌의 물음에 그녀가 설명했다.

"이것들은 아젤과 싸우고 있는 적이 부리는 권능의 기반이야. 하지만 불사체도 사령도, 저 위까지는 갈 수 없어. 즉 저 하늘에서 싸우는 것이, 정체를 알 수 없는 저 존재의 힘을 약화시켜 놓고 싸우는 방법이야."

어쩌면 몇몇 불사체는 갈 수 있을지도 모른다. 하지만 이들 모두가 가는 것은 불가능했다.

"그랬던 거군. 아젤이 우리에게 어떤 역할을 부탁한 건지도 알겠어."

아젤이 저 하늘에서 승부를 결하는 동안 이곳에서 불사체와 사령의 군세를 상대하는 것이 일행의 일이리라. 혼란을 떨친 카이렌이 물었다.

"라우라, 저놈들이 밖으로 못 나오도록 막을 수 있나?"

"유감스럽게도, 구멍이 너무 많아. 개미굴 같아."

그 말대로였다. 무수한 공간왜곡장의 길이 뚫려서 그곳에서 수도 없이 많은 불사체가 나오고 있었다.

"정말 유감스럽군. 젠장. 대낮인데 이 불쾌한 것들이 꾸물

거리는 꼬락서니를 봐야 한다니."

놀랍게도 지금은 대낮인데도 불사체와 사령들이 꾸역꾸역 기어 나오고 있었다. 그들은 태양빛에도 전혀 고통받지 않았다.

'힘은 감소되었을까? 흠. 어차피 이 정도로 수가 많으면 힘이 약해지든 말든 별로 상관없긴 하겠군.'

일행이 일당백의 실력자이기는 하지만 과연 이 대군을 상대로 무사할 수 있을까?

그런 걱정은 필요 없었다.

"머릿수는 걱정하지 않아도 될 것 같은데?"

레티시아가 주변을 둘러보며 말했다.

그 말대로였다. 무수한 수호그림자가 웅성거리는 소리를 내며 다가오고 있었다. 그들은 주변을 완전히 포위하고 있었다.

그러자 불사체의 우두머리가 난감한 듯 고개를 갸우뚱하며 말했다.

〈이런. 저놈들은 달갑지 않은데.〉

이어지는 말은 카이렌을 화나게 만들었다.

〈죽여 봤자 왕의 백성이 늘어나질 않잖아? 무의미한 노동이야.〉

"입이 없으니 입을 뭉개주겠다는 말은 못하겠고, 하여튼 더 지껄이지 못하게 만들어주지."

〈아아, 너는 마음껏 지껄여도 괜찮다. 우리 왕께서는 살아 있는 자가 무슨 말을 하든 관대하시거든. 어차피 우리 백성이 될 소중한 자원이니까.〉

카이렌은 더 참지 않았다. 용검이 호쾌하게 뻗어 나갔다.

지상의 전투가 시작되었다.

10

하늘을 가르는 검을 전개, 그 마력과 일체가 된 아젤의 분신들이 하늘을 질주하고 있었다.

지상에서 피어오르는 사령의 마력들이 거침없이 불타오른다. 그리고 난타당한 칼로스, 아니, 벨런의 몸이 높이, 영봉 라우스의 정상보다도 더 높은 하늘로 솟구쳤다.

―큭큭큭, 재미있군.

아젤의 정신에 음산한 마력이 실린 목소리가 들려온다.

라우스 안에서 듣던 칼로스의 목소리가 아니다. 아니, 육성 자체가 존재하지 않고 마력으로 이루어진 농밀한 정신파가 울려 퍼지고 있었다.

그것은 그 자체로 정신을 공격하는 저주다. 일반인이라면 그의 목소리를 듣는 것만으로도 정신이 나가 버릴 것이다.

―사령은 이승의 의념에 속박된 자들. 그래, 이만큼이나 높은 하늘로 오면 희박해지는 것은 공기만이 아니었군?

벨런의 권능은 그가 거느린 막대한 사령에 근거한다. 그는 혼자였으되 셀 수 없을 정도로 많은 병사를 거느린 죽음의 왕이었다. 그 사령들에게 마력을 부여해서 특정한 형상을 만들어주는 것만으로도 끔찍한 재난을 일으킬 수 있었다.

아젤은 일찌감치 그 점을 예측하고 싸움이 시작되자마자 하늘을 가르는 검을 전개, 그를 이 하늘로 끌고 올라왔다.

—내게 이런 약점이 있는 줄은 처음 알았어. 역시 세상은 오래 살고 볼 일이야.

사령은 지상에 흩뿌려진 의념에 속박된 존재들이다.

그들은 인간의 죽음으로 만들어졌다. 그러니 죽음이 없는 장소, 그리고 산 자들의 의념이 없는 장소에서는 제 힘을 발휘할 수 없다.

즉 이 드높은 천공은 인간만이 아니라 사령들도 올라올 수 없는 공간이었다. 벨런의 권능이라면 그들을 끌고 오는 것이 가능할지도 모르지만, 그러기 위해서 소모하는 힘이 그랬을 때 기대할 수 있는 효과보다 더 클 것이다.

아젤이기에 할 수 있는 일이다. 그리고 벨런이 각성하기 전에 칼로스가 귀띔해 준 시나리오이기도 했다.

"죽음의 왕, 벨런이라고 했던가?"

아젤이 그를 노려보며 말했다.

"이 하늘이 네가 죽을 자리다."

—오, 재미있는 농담을 하는 인간이로군. 이미 듣지 않았나?

그가 킬킬거리며 웃는다.

—나는 최초로 죽음을 거부한 자, 어떤 외부의 도움도 없이 스스로의 의지로 이치를 거부하고 지배한 왕이다. 내게는 죽음이라는 개념이 적용되지 않아. 따라서…….

저주의 어둠이 일어 오른다. 그 속에서 무수한 악귀의 얼굴들이 떠오르며 아젤에게 해일 같은 공격을 퍼부었다.

—내가 죽는 일은 있을 수 없다.

아아아아아아!

하늘이 뒤흔들린다.

마력으로 형상화된 어둠만이 아니다. 소리마저도 저주의 힘을 실어 나르는 매개체가 된다.

"그 믿음이 얼마나 얄팍한지 곧 증명해 주지."

하지만 그것을 접하는 아젤의 모습이 사라진다.

동시에 섬광이 종횡무진 질주하며 하늘을 찢어발겼다.

저주의 어둠이 불타오르고 거기서 발생한 소리는 빛에서 울려 퍼지는 굉음에 묻힌다. 그리고 불꽃같기도 하고 벼락같기도 한 섬광이 죽음의 왕이라 불리는 존재를 관통했다.

그러나…….

'이건……?!'

아젤이 경악했다.

광화한 하늘의 검이 죽음의 왕에게 도달하는 순간, 갑자기 그 사이의 공간이 까마득하게 벌어지면서 죽음의 왕이 보이지 않게 되어버렸다. 아젤은 이 현상이 의미하는 바를 너무나도 적나라하게 알고 있었다.

'무한의 광야? 젠장. 벌써 이런 걸 할 수 있나?'

비탄의 잔으로 구현하는 공간왜곡장, 무한의 광야다.

전혀 예상치 못한 사태에 아젤이 허를 찔렸다. 본체와 분신의 거리가 까마득하게 멀어지면서 분신들이 소멸, 일순간 하늘을 가르는 검마저 위치를 알 수 없게 되어버렸다.

그리고 저주의 어둠이 해일처럼 들이닥쳤다. 하늘을 가르는 검을 잃은 아젤로서는 도저히 막을 도리가 없어 보이는 전방위 공격이었다.

─용마기 초래! 불굴의 성채!

그러나 어둠 속에서 의념의 외침이 터져 나왔다.

투명한 빛의 파문이 일어나서 어둠의 해일을 막아낸다. 방어막을 구현한 아젤이 연속적으로 용마기를 초래했다.

─폭풍용의 날개! 명왕의 사수! 격랑의 주인!

하늘을 가르는 검에 이어 네 개의 용마기가 동시에 초래되었다.

용마전쟁 이후로는 그 누구도 재현할 수 없었던 위업, 용마전쟁 당시에도 아젤과 크로이스 니델 공작, 그리고 아테인만이 가능했던 신기!

우우우우우우!

공간이 물결치기 시작한다.

투명한 힘의 파랑이 공간을 뒤흔들고, 그 속에서 움직이는 에너지를 집어삼켰다. 아젤을 몰아붙이던 어둠의 해일이 일순간 그 격랑에 집어삼켜져서 흐름을 바꾸었다.

동시에 무한의 광야가 파괴되면서 공간이 회복되었다.

—이건?

벨런의 당혹스러워하는 목소리가 울려 퍼졌다.

그의 몸을 광화한 빛의 검이 관통했다.

"네가 아무리 거대한 공간을 상상해 봤자 빛을 뿌리칠 정도는 못 되는 것 같군."

무한의 광야에 당황한 아젤이 하늘을 가르는 검과의 연계를 잃었던 것은 아주 잠시뿐이었다. 불굴의 성채를 초래해서 방어를 굳히는 동시에 다시 하늘을 가르는 검과의 연계를 회복, 까마득한 공간 저편에 있는 벨런을 친 것이다.

"칼로스의 지식을 빌려다 써봤자 너 자신은 마법사로서 한참 뒤떨어진 구닥다리일 뿐이야."

벨런은 칼로스와 하나가 되었다. 그로써 칼로스의 마법지식을 얻을 수 있었다. 그는 아젤이 혹평한 대로 구닥다리 마법사지만, 이로써 자신이 알고 있던 것보다 월등히 발전한 마법을 쓰는 게 가능해졌다.

하지만 그것을 휘두르는 주체가 벨런의 인격인 이상, 칼로스가 쓰던 것처럼 자유자재로 쓸 수는 없다. 벨런은 부실하기 짝이 없는 자신의 마법을 칼로스의 마법지식으로 보완해야 했고 그것은 충분한 시간을 필요로 하는 작업이다.

"네가 제대로 된 재앙이 될 기회는 주지 않아. 여기서 죽어라."

—흥. 극멸이라. 무서운 수법이라는 건 인정하지. 하지만 네가 그걸 쓰게 놔둘 것 같은가?

"놔두지 않으면?"

아젤이 코웃음을 쳤다.

동시에 뭔가가 벨런을 관통했다.

—컥……?

벨런이 비틀거렸다. 그런 그에게 보이지 않는 화살이 연달아 내리꽂혔다.

용마기 명왕의 사수다. 칼로스의 지식으로 그 사실을 알아챈 벨런은 즉시 방어막을 구축했지만 완전치 못하다. 피해를 줄이는 게 고작이다.

그 틈을 타서 하늘을 가르는 검이 질주한다. 아젤이 수십으로 분화하면서 파괴의 섬광으로 벨런을 난타했다.

"알아. 너는 엄청나게 튼튼하고 끝이 안 보이는 여력을 지니고 있지."

칼로스에게 들었다. 마력의 크기만으로 보면 벨런은 아테인과 용마장군을 합친 것보다도 더 크다. 지금의 아젤도 전혀 상대가 못될 정도다.

"하지만 넌 이미 두 번이나 싸움에 패한 망령에 불과해. 칼로스도 네 군세랑 너의 불멸성을 문제 삼았지 너 자신을 무서워하진 않았어. 난 칼로스가 이겨놓은 싸움을 마무리 짓는 역할일 뿐이야."

아젤의 분신이 마치 한 사람처럼 이어서 말한다. 벨런은 발작적으로 공격을 가했지만 도무지 아젤의 실체를 찾을 수가 없었다. 모든 분신이 진짜 같은 존재감을 발하며 진짜처럼 공격한다.

'말도 안 돼!'

아무리 아젤의 분신술이 뛰어나다고 해도 이곳은 하늘이다. 분신이라면 모를까 실체가 새보다도 더 자유자재로 허공을 질주할 수 있다니?

그 답은 칼로스의 지식이 알고 있었다.

—폭풍용의 날개라고? 젠장. 인간이 이런 능력을 갖다니……!

용마기 폭풍용의 날개.

아젤이 휘감고 있는 불꽃같은 빛이 그 정체였다. 이 용마기를 통해서 아젤은 마법사보다도 더 자유자재로 하늘을 날 수 있었다.

—이노오오옴!

벨런이 분노했다.

그러자 공기가 희박한 이 고도에서 기압이 급속도로 높아지면서 광풍이 휘몰아쳤다. 그 속에서 뇌전이 울부짖는다.

꽈르릉! 꽈광!

아젤은 눈 하나 깜짝하지 않았다.

—크아악!

벨런이 비명을 질렀다.

조금 전의 공격은 알마릭의 용마기 폭풍의 비명을 모방한 마법이었다. 그러나 아젤은 가볍게 그 뇌격을 흘려 버리면서 반격해 왔다.

동시에 벨런의 주변에서 연속적으로 폭발이 일어났다.

꽈과광! 꽈광!

—이건, 증오의 상자인가……?

주변을 떠다니는 투명한 마력 집결체가 마법과 반응하여 폭발한다. 벨런도 예전에 당해본 적이 있는 용마기였다. 바로 칼로스를 통해서.

곧바로 벨런이 대응책을 끄집어냈다.

증오의 상자는 마법을 구성하는 마력 그 자체와 반응해서 폭발을 일으킨다. 그렇다면 마법을 구성하는 마력의 밀도를 높이고, 표면을 아주 강건한 마력으로 포장함으로써 그 권능을 상쇄한다.

어마어마하게 마력 낭비가 심한 짓이다. 하지만 실제로 아테인과 발타자크, 아운소르가 증오의 상자를 상대로 보였던 대응책이었다. 그리고 벨런 역시 그런 낭비를 기꺼이 감수할 정도로 마력이 넘쳐나는 존재였다.

"칼로스가 갖고 있던 내 용마기들이 어떤 것인지 실컷 보여주지."

32개체의 분신을 전개한 아젤이 쉬지 않고 벨런을 두들겨 댔다.

폭풍용의 날개로 하늘을 날며 증오의 상자로 벨런의 마법을 억제한다. 하늘을 가르는 검으로 정화의 빛을 난사한다. 명왕의 사수로 방어마법을 뚫는 저격을 날린다.

마치 수백 명의 마법사가 모여서 집중 폭격을 가하는 것 같은 광경이었다.

—용마기 해제! 격랑의 주인, 불굴의 성채!

두 개의 용마기를 해제한 아젤이 새로운 용마기들을 초래했다.

—용마기 초래! 달의 검! 울부짖는 불새! 여명수호대!

총 일곱 개의 용마기가 동시에 초래되었다. 벨런이 혼비백산했다.

—이럴 수가! 정말로 이런 일을……!

각각의 용마기가 얼마나 무서운지 잘 알고 있다. 그런데 일곱 개를 동시에 초래해서 연계하다니!

"이미 말했다. 이 하늘이 네가 죽을 자리라고. 나도, 칼로스도 그렇게 정해두고 있었어."

—그래.

옆에서 또 한 사람의 목소리가 들려왔다. 아젤이 복잡한 표정으로 그를 돌아보았다.

칼로스가 아젤의 옆에서 웃고 있었다.

―바난 백작에게 감사해야겠는데?

단정한 갈색 머리칼에 차가운 회색 눈동자를 지닌 청년의 외모다. 아젤이 기억하는 모습 그대로의 칼로스였다. 그저 빛으로 그려진 허상처럼 흔들리고 있을 뿐.

용마기 여명수호대의 힘이다.

벨런에게 짓눌린 칼로스의 인격이 아젤에게 힘을 빌려줄 것을 결의했다. 아젤은 최대 여덟 명의 전투원을 만들어낼 수 있는 여명수호대의 힘을 하나로 집중시켜서 칼로스의 분신을 구현할 수 있었다.

―그런 표정 짓지 마, 아젤. 가기 싫어지잖아.

칼로스가 피식 웃으며 말했다.

그러면서 자신에게 주어진 마력을 전개하기 시작한다. 칼로스의 인격과 능력을 고스란히 재현한 분신이, 용마기가 제공하는 힘으로 전성기를 뛰어넘는 마법을 구사했다.

―이, 이놈! 내 그릇 주제에 감히……!

벨런이 속수무책으로 밀리기 시작했다.

압도적인 마력도, 칼로스의 지식도 소용없다. 그저 지식을 가진 자와 그것을 완전히 자신의 것으로 활용하는 자 사이에는 절대적인 격차가 있었다.

―아주 오랫동안 이 순간을 구상하고 있었어. 이긴 싸움인

데 끝장을 내지 못하고 200년 가까이 질질 끌어야 한다니 어찌나 짜증 나던지.

칼로스가 마법전으로 벨런을 압도하면서 말했다. 통쾌한 기색이 역력했다.

—아젤만 있으면 너를 요리하는 것 따윈 문제도 아니었거든. 사실 저 밑에 처박아둔 죽음의 군세만 떼어놔도 이 모양이 꼴이지. 내 계산에 의하면 네가 혼자 이 하늘로 올라온 시점에서, 네가 발휘할 수 있는 전력은 5분의 1도 안 돼.

마법사는 준비에 따라서 발휘할 수 있는 힘이 천차만별로 달라지는 존재다.

그것은 마치 군대가 장비와 보급을 얼마나 충실하게 갖추고 있냐로 전투력이 달라지는 것과 같다. 자신을 위한 설비와 도구가 충분히 갖춰진 본거지라면 마법사는 밖으로 돌아다닐 때와는 비교도 안 되는 힘을 발휘할 수 있으리라.

벨런이 무서운 점 중에 하나는 그가 지배하는 불사체와 사령의 군세가 그 역할을 한다는 것이다. 그들을 곁에 두는 것만으로도 벨런은 무한한 힘을 공급받고 어마어마한 저주를 발하며, 그들을 통해서 오만가지 마법을 동시에 쓸 수도 있었다.

—그건 지금 기준으로 봐도 좀 무섭지. 하지만 너 자신은, 글쎄? 그 알량한 불멸성도 못 믿게 되었는데 이제 어쩔 거지?

칼로스가 철저하게 벨런을 조롱했다.

그의 불멸성 하나 때문에 백 년도 넘는 시간 동안 고통받았다. 모든 것에 종지부를 찍을 수 있게 된 지금 칼로스는 환희로 들떠 있었다.

그러는 동안 주변을 빛이 가득 채우기 시작했다.

푸른 하늘이 빛으로 불타오른다. 거대한 빛의 나무가 무수한 가지를 뻗어서 하늘을 찢어발기고 있었다.

마치 뇌격이 떨어지는 그 순간을 확장시켜 놓은 것 같은 광경이다. 그 한가운데서 아젤이 푸른 용마검을 들고 벨런을 바라보고 있었다.

─아젤.

칼로스가 그를 돌아보며 말했다.

─질질 끌지 말자.

"칼로스……."

그 얼굴을 보자 만감이 교차한다. 오래전, 이제는 역사의 일부가 되어버렸지만 아젤에게는 아직도 생생한 추억으로 남아 있는 시절의 일들이 두서없이 뇌리를 스쳐 갔다.

처음 만나서 그를 재수 없는 마법사라고 생각했던 일.

티격태격하면서도 처음으로 함께 싸웠던 일.

젊은 혈기에 꼴사납게 망가졌던 일.

그리고 서로 미래를 이야기하며 각오를 다지던 시간들…….

─마음은 정했잖아, 이미.

칼로스가 부드럽게 웃었다.

광검해가 완성되었다.

이제 아젤이 결단을 내리는 순간, 헤아릴 수 없을 정도로 많은 빛의 검이 이 자리를 덮치리라.

"⋯⋯."

아젤은 말없이 검을 들어 올렸다. 그의 입에서 끔찍하게 갈라진 목소리가 흘러나왔다.

"…평생 원망할 거다."

─얼마든지.

어깨를 으쓱한 칼로스가 슬프게 웃었다.

─그저 잊지만 말아줘.

아젤은 대답하지 않았다.

그리고… 빛이 하늘을 가르며 뻗어 나갔다.

『용마검전』 8권에 계속…

이 시대를 선도하는 이북 사이트

이젠북

www.ezenbook.co.kr

더욱 막강해진 라인업!
최강의 작가들이 보이는 최고의 재미.

이들의 "유료연재"가 시작됩니다!

김재한 『성운을 먹는 자』   태제 『태왕기 현왕전』
홍정훈 『월야환담 광월야』   전진검 『퍼팩트 로드』
이지환 『어린황후』   방태산 『완벽한 인생』
좌백 『천마군림 2부』   왕후장상 『전혁』
김정률 『아나크레온』   설경구 『게임볼』

검색창에 **이젠북** 을 쳐보세요! ▼ 🔍

네르가시아 장편 소설
FUSION FANTASTIC STORY

THE MODERN MAGICAL SCHOLAR

현대 마도학자

나르서스 제국의 전쟁영웅이자
마나코어를 개발한 천재 마도학자 카미엘!

그러나 제국의 부흥을 위한 재물이 되어
숙청당하는데……

『현대 마도학자』

죽음 끝에 주어진 또 다른 삶.
그러나 그에게 남겨진 것은 작은 고물상이 전부였다.

더 이상의 밑은 없다!
마도학자의 현대 성공기가 시작된다!

Book Publishing CHUNGEORAM

유행이 아닌 자유추구 -
WWW.chungeoram.com

우각 新무협 판타지 소설

FANTASTIC ORIENTAL HEROES

북검전기

2014년의 대미를 장식할,
작가 우각의 신작!

『십전제』, 『환영무인』, 『파멸왕』…
그리고,

『북검전기』

무협, 그 극한의 재미를 돌파했다.

북천문의 마지막 후예, 진무원.
무너진 하늘 아래 홀로 서고, 거친 바람 아래 몸을 숙였다.

살기 위해! 철저히 자신을 숨기고
약하기에! 잃을 수밖에 없었다.

심장이 두근거리는 강렬한 무(武)!
그 걷잡을 수 없는 마력이,
북검의 손 아래 펼쳐진다!

Book Publishing CHUNGEORAM

유행이 아닌 자유추구 -
WWW. chungeoram.com

The Record of Dragon's Return

재중
귀환록

푸른 하늘 장편 소설
FUSION FANTASTIC STORY

『현중 귀환록』, 『바벨의 탑』의
푸른 하늘 신작!
이계를 평정한 위대한 영웅이 돌아왔다!

어느 날 갑자기 찾아온 부모님의 죽음.
그리고 여동생과의 생이별.
모든 것을 감당하기에 재중은 너무 어렸다.
삶에 지쳐 모든 것을 포기할 때, 이계에서 찾아온 유혹.

"여동생을 찾을 힘을 주겠어요.
…대신 나를 도와주세요."

자랑스러운 오빠가 되기 위해!
행복한 삶을 위해!

위대한 영웅의
평범한(?) 현대 적응이 시작된다!

Book Publishing CHUNGEORAM

유행이 아닌 자유추구 -
WWW. chungeoram.com

용마검전

FANTASY FRONTIER SPIRIT

김재한 판타지 장편 소설

「폭염의 용제」, 「성운을 먹는 자」의 작가 김재한!
또다시 새로운 신화를 완성하다!

『용마검전』

사악한 용마족의 왕 아테인을 쓰러뜨리고
용마전쟁을 끝낸 용사 아젤!

그러나 그 대가로 받은 것은 죽음에 이르는 저주.
아젤은 저주를 풀기 위해 기나긴 잠에 빠져든다.

그로부터 220년 후……

긴 잠에서 깨어난 아젤이 본 것은
인간과 용마족이 더불어 살아가는 새로운 세상이었다.

Book Publishing CHUNGEORAM

유행이 아닌 자유추구 ~
WWW.chungeoram.com

문용신 新무협 판타지 소설

FANTASTIC ORIENTAL HEROES

절대호위

한량 아버지를 뒷바라지하며
호시탐탐 가출을 꿈꾸던 궁외수.

어린 시절 이어진 인연은
그를 세상 밖으로 이끄는데……

"내가 정혼녀 하나 못 지킬 것처럼 보여?"

글자조차 모르는 까막눈이지만,
하늘이 내린 재능과 악마의 심장은
전 무림이 그를 주목하게 한다.

"이 시간 이후 당신에겐 위협 따윈 없는 거요."

무림에 무서운 놈이 나타났다!

Book Publishing CHUNGEORAM

유행이 아닌 자유추구 ~
WWW.chungeoram.com